沢里裕二

処女刑事

札幌ピンクアウト

実業之日本社

実業之日本社文庫

目次

主な登場人物

指原《さしはら》茉莉《まり》……フリーカメラマン。性活安全課の情報提供者《エス》

野津《のづ》和正《かずまさ》……札幌の芸能プロ・ノースエージェンシー社長

能年《のうねん》里奈《りな》……ノースエージェンシー所属のタレント

広瀬《ひろせ》美鈴《みすず》……ノースエージェンシー所属のタレント

北沢《きたざわ》景子《けいこ》……婚活サポート会社・パーフェクトマッチングの婚活アドバイザー

〈性活安全課〉

真木《まき》洋子《ひろこ》……性活安全課課長。キャリア

松重《まつしげ》豊幸《とよゆき》……新宿七分署・組織犯罪対策課出身のベテラン刑事

上原《うえはら》亜矢《あや》……新宿七分署・生活安全課出身の元万引き担当

小栗《おぐり》順平《じゅんぺい》……新宿七分署出身のＩＴ担当捜査官

岡崎《おかざき》雄三《ゆうぞう》……警視庁公安部外事課からの出向。キャリア

相川《あいかわ》将太《しょうた》……新宿七分署・地域課出身。元交番勤務

新垣《あらがき》唯子《ゆいこ》……新宿七分署・庶務課出身

石黒《いしぐろ》里美《さとみ》……神奈川県警広報課出身。元タレント

処女刑事

―札幌ピンクアウト―

プロローグ

夜のネオン街も霞《かす》んで見えるほどの猛吹雪《もうふぶき》。

ススキノ交差点近くにあるバー『あべちゃん』の扉にも、真っ白な粉雪が吹き付けられていた。

指原茉莉《さしはらまり》は、その重い樫《かし》の木の扉に、体当たりした。

建付けが悪く、しかも扉の上下が凍結したりすると、手で押したぐらいではすぐに開かない扉だ。

肩をドスンと扉に打ち付けて、同時に足は踏ん張った。

突入は危険だ。

扉の先は、地下に続く階段となっている。下手《へた》をすると開いた途端に、そのまま階下に転げ落ちることになる。

面倒くさい扉だ。

なぜ、危険な階段のすぐ手前にある扉なのに『引く』ではなく『押す』にしているのかといえば、マスターの安倍正雄《あべまさお》いわく、

「俺の人生に『引く』っていう文字はねぇから」

だそうだ。

「帰るときは『引く』になるだろう」

とは、返せなかった。

「ふぅ」

息を吸い込み、三度ほど体当たりを食らわせた。

「うわっ」

鈍い音と共に扉が開き、頭上から、雪がバラバラと落ちてきた。

「おっとっと」

開いた扉の向こうに、急角度の階段が見えた。瞬時に勢いを止めた。

茉莉は踊り場で、踏みとどまった。転落ギリギリのラインだった。

「セーフ」

階段をスノーブーツでドタバタと踏み鳴らしながら降りる。

下からは熱風が吹き上げてくる。

マスターの安倍正雄はカウンターの中に座り、洟《はな》を擤《か》みながらスポーツ新聞を読んでいた。客はいない。

スポーツ紙の一面は間もなく始まる冬季オリンピックの特集だ。

元スノースポーツ専門誌の編集者だったマスターは、日本人選手の調整状況を調べては、着順の予想をしている。競馬をやっているような感じだ。

茉莉はダウンジャケットに付いた雪を払い、カウンターに腰を下ろした。

「茉莉ちゃん、こんな寒い夜はウォッカのテキーラ割りとかがいいよ。アルコール度数八十度クラスのちゃんぽん。口から炎が出せる」

スポーツ紙から顔を上げた髭面《ひげづら》のマスターがニカッと笑う。

ニタァではない、ニカッだ。

「いやいや、私、大道芸人になるつもりないですから、口から火を噴く気はないです。いつもの『あべちゃんウイスキー』のロックとロイズのクリオロをください。ビター味のやつ」

と、切り返した。最近、この組み合わせが、気に入っている。

あべちゃんウイスキーとは、髭面の男の顔がラベルになっているニッカウヰスキーのブラックだ。安倍はこのラベルの男に似ている。

ニッカのラベルに似ているからやたらニカッと笑う。このウイスキーに地元のロイズチョコレートのクリオロはやたら合う。

ススキノ交差点にはこの顔の巨大看板がある。

「しかし、降るねぇ」

マスターがグラスに球体の氷を入れ、その上に琥珀《こはく》色の液体を注《つ》いだ。コクコククコクと、開けたてのボトル独特の音がする。

「来週から雪まつりですから、降ったほうが盛り上がるんじゃないですか」

「いやぁ、今年は観客動員が心配だね。なんていったって、雪まつりの後半はオリンピックと重なる」

マスターは渋い顔になっている。

「やっぱ、影響ありますかね」

「あるっしょ。こっちは毎年で、向こうは四年に一度だ。俺なら平昌《ピョンチャン》に行く」

たしかにそういう外国人は多そうだ。

カウンターにロックグラスとチョコが登場した。

茉莉はまずウイスキーを舐《な》めた。舌の上で、ピリッとした味が跳ねる。目を細めると、目の前でマスターがまたニカッと笑う。

続いてビター味のチョコを齧《かじ》る。ニッカとロイズ。やはり最高の取り合わせだと思う。マスターは生ビールを呷《あお》った。

「で、茉莉ちゃん、今日の撮影、どうだった？」

聞いてもらいたい件を先に切り出してくれた。

「うーん。それが、なんか変だったのよ」

素直にそう報告する。

「変って、どういうことさ」

マスターが首を傾《かし》げた。

口の周りが泡だらけになっている。クマが生クリームを舐めたような顔だ。

茉莉はその顔を見ずに話をつづけた。

「うん。里奈《りな》ちゃんがね、突然ヌードも撮って欲しいと言い出したのよ」

里奈とは能年《のうねん》里奈。

この店で知り合った自称ローカルタレントだ。

茉莉より三個下の二十三歳。地元の芸能プロに所属し、チラシのモデルや地元企業のイベントに参加していると言っていた。

何度か顔を合わせ、お互いひとり飲みだったこともあり、一か月ほど前から、並んで語り合うようになった。

マスターが言うには、一年ほど前から店にやってきているという。

彼女は茉莉がカメラマンだと知ると、宣伝用の写真を撮ってくれとせがんできた。

無名とはいえタレント業をしている人の写真を撮らせてもらえるのは、新米カメラマンの茉莉としても悪い話ではなかった。

「茉莉ちゃん、あの子の裸、見たの?」

興奮したのか、マスターの声がひっくりかえっている。

茉莉は頷《うなず》いた。マスターは生唾をのみ、さらに突っ込んでくる。

「だってあの子、勝手に脱ぎだしちゃうんだもの」

「おっぱい、ぽろん?」

マスターが胸の前で、乳房がこぼれる仕草をする。鼻息が荒い。

「おっぱいだけじゃない。下も脱いだ」

茉莉はパンツを脱ぐ、仕草をして見せた。

「まじ?」

「まじっすよ」

茉莉は目に力を込めた。

「うわぁ～、里奈、おっぱい大きかっただろう？」

目がぎらついている。

「個人情報だから、それは教えられない」

茉莉は背筋を伸ばした。

「一杯、奢《おご》る」

「奢られても、教えない」

「まぁ、シングルモルトでも飲んで」

カウンターに新しいロックグラスが置かれ、山崎《やまざき》の12年が注がれた。

――んん？

これには弱い。自腹じゃ飲めない酒だ。最初にあったグラスは、あっさり引き下げられた。

誘惑に負けた茉莉は一口舐めた。とてもマイルドだ。

「里奈の乳首って、やっぱピンク？」

マスターが、カウンターに両肘をついて顔を突き出してくる。

首を振った。

山崎12年は、マスターにとっても大盤振る舞いだ。妄想を掻《か》き立てる手がかりぐらいは教えてやろう。

「アズキ色」

正直に教えてやる。

「想定より黒っぽいな……チュウチュウされ過ぎているってことかな？」

「色素とチュウチュウはあんまり関係ないと聞きますけど」

マスターは、舌舐めずりをした。

「で、毛は？」

目を見開いて聞いてくる。怖いぐらいだ。

「なかった……里奈ちゃん。剃《そ》ってた。つるつる」

「おぉおおおおっ」

カウンターにうつ伏すマスター。

「っていうか、おかしいでしょう。宣材写真の撮影でヌードって」

茉莉は呷り終えたグラスをガツンと鳴らして、カウンターに置いた。

一部始終をこのマスターには教えてやることにした。そもそも里奈とは、この店で知り合ったのだ、マスターは聞く権利があるだろう。

撮影したのは、今日の午後のことだ。

地下鉄東豊《とうほう》線の福住《ふくずみ》駅近くの里奈のマンション。三時間近くかけて、撮影した。

最初の一時間は、着衣のままでの撮影だった。里奈は積極的にポーズを取り、女同士だから、気を使わなくて済むなどと言いながら、目の前で何度か着替えた。

「あっ、ついでだから、下着姿も撮ってくださいな」

三度目の着替え中、光沢のあるシャンパンピンクのブラとパンティ姿の里奈が、いきなりそう切り出してきた。

「撮っても使えないいんじゃない」

「下着ポスターや水着用の参考カットになるのよ」

撮影者としては断る理由はなかった。

ところが、里奈がベッドに寝ころんで、やたら煽情《せんじょう》的なポーズを取り始めた頃から、なんとなく違和感を覚えた。

明らかに違う種類の写真を撮っているような気分なのだ。

窓から見える景色は吹雪だが、室内は汗が噴き出そうな熱気に包まれた。実際エアコンの設定は三十度。真っ裸になっても平気な温度だった。

ベッドの上の里奈が突然ブラを外したときは、さすがに驚いた。

「なんかすごく、エッチな気分になってきちゃった。茉莉ちゃん、もっと撮って、里奈のいやらしいポーズや恥ずかしいところも写してください」

ぽろりとカップが落ちて、形のよい生乳房とアズキ色の乳首が現れた。

「いやいや、それ趣旨が違うでしょう」

「いいのよ。エッチ臭い表情のほうが、写真審査に残りやすいから」

レンズの前で、里奈が両手で乳首を摘《つ》まみ、切ない顔をして見せる。

「あぁあ」

喘《あえ》いだ。

喘がれても困る。しかしシャッターは切る。カメラマンの習性だ。

「あぁ、撮影されていると、昂奮《こうふん》する。撮って、たくさん撮って」

腰を振り出した。ふとファインダーから目をはずし、里奈の下半身を見ると、パンティの股間がぐっしょり濡《ぬ》れていた。

「いや、やっぱ、おかしいよそのポーズ」

茉莉はカメラを下ろすと、里奈は目尻を真っ赤に染めて、いきなりパンティを脱いだ。股布がぬるりと剝がれる。

「お願い、ここのアップも撮って……顔もちゃんと入れてください」

目の前でM字開脚された。自分以外の女の中心部を、あからさまに見るのは初体験だった。茉莉の方がうろたえた。

「いや、それは……」

「撮ってください。きれいに」

里奈が肉襞《にくひだ》を拡《ひろ》げた。くちゅっとエッチな音がして、ピンクの花がこぼれ落ちてきた。ぬるぬるしている。

茉莉は、逃げ出すには、さっさと撮る以外に手はないと考え、シャッターを切りまくった。フラッシュの光が飛ぶごとに、里奈はポーズを変えた。

アソコを拡げたままで、だ。広げた奥はきれいなピンク色だった。

……という話をマスターに聞かせてやった。


「……ピンク色だったんだ……」

マスターがごくりと生唾を飲んだ。

「その画像、残ってる?」

ほとんどヨダレを垂らしている。

「それはありません。最初からデータはすべて渡す約束でしたから」

「ほんと?」

マスターが疑り深い視線を寄越す。

「本当です。それよりマスター、おかしいでしょう。パンツ脱ぐ宣材写真って。彼女の所属する事務所って、どんな事務所ですか」

「まだ新しい会社だが、このところ急激に地元マスコミに食い込んでいるって話だ。社長の野津《のづ》って男は相当やり手らしい」

マスターは腕を組んで、虚空を睨《にら》んだ。

そのとき、茉莉のスマホが鳴った。電話だった。すぐに出る。

「指原さんですか? ノースエージェンシーの野津と申します。本日、うちの能年がお世話になったそうで……」

男の声だった。

ノースエージェンシーとは里奈が所属する芸能事務所だ。茉莉は身構えた。

「実は、指原さんに今日のような撮影を、うちの他のタレントにもお願い出来ないかと思いまして」

「今日のような撮影と言うと?」

「はい、裸の写真です。里奈が言っていました。女性のカメラマンだと、安心して裸になれるって……」

　野津は実に事務的な口調で言っている。

「あのぉ、里奈さんから申し出られたので、私も、雰囲気に押されてシャッター切っちゃったんですけど、普通のタレント活動に、ああいう写真って、必要なんでしょうか」

　遠回しに聞いてみた。表向き普通の芸能事務所を装って、ＡＶ女優を育成している事務所もあると聞いている。

「いや、うちは脱ぎ系の仕事は、一切受けてないので、仕事としては必要ないんです。ただ、タレントの精神面を鍛えるには、役立つと考えています。トレーニングのひとつとしてありなんですよ」

「トレーニング？」

　胡散臭《うさんくさ》い話だ。

「指原さん、一度、お会いして、僕の話を聞いてくれませんか？」

「よく考えて、返事をします」

　電話を切った。

　目の前で、マスターがポカンと口を開けている。

茉莉は洗面所へ行き、東京にいる警察庁の性安課課長真木《まき》洋子《ひろこ》に電話を入れた。

第一章　ホワイト&ブラック

1

二月五日。月曜日。

「遅いわねぇ」

警察庁性活安全課課長真木洋子は、大雪像「ストックホルム大聖堂」の前で、大きく息を吐いた。

ため息も冷気で白く色付くと、引き締まって見える。

〈白いため息〉。そんな菓子があってもいい。例えば綿菓子。

連続して吐いてみた。

もくもくと白い塊が舞う。

五回ぐらいやってみた。それで飽きた。

大通《おおどおり》公園西七丁目。午後五時を三分越えていた。

昼過ぎに桜田門《さくらだもん》を出て、羽田《はねだ》－新千歳《しんちとせ》空港－札幌《さっぽろ》駅を経由して大通公園に到着したばかりだ。

「凍え死にそうですよ。俺たちだけでススキノの『ノースエージェンシー』に揺さぶりをかけに行きませんか」

隣に立つ警部補の松重豊幸《まつしげとよゆき》が、隣の西六丁目の方を眺めながら言っている。

「いやいや、遅いと言っても、まだ三分過ぎたばかりです。もう少し待ちましょう」

洋子にとって松重は年長の部下という扱いにくい存在だが、現場ではもっとも頼りになる相棒でもあった。

「そうですかぁ」

松重が、憮然《ぶぜん》とした顔でまた六丁目のほうを眺めている。

西六丁目に雪像はない。

そこは「北海道 食の広場」だ。屋台がずらりと並んでいる。バーベキューの誘惑的な匂いが漂っていた。

そっちに行きたい気持ちはわかる。

洋子とて同じ気持ちだ。しかし――

「この件は茉莉に潜入させないと意味がないでしょ」

「確かに。今回が最終テストみたいなものでしたね。すみませんでした。それにしても寒い。俺が氷像になっちまいそうだ」

陽《ひ》の落ちた後の札幌の気温はマイナス五度だ。

松重は盛んに足踏みをした。黒革のジャケットに灰色の紳士ズボンだけの恰好《かっこう》なのだから無理もない。

このおっさん、ちょっと札幌を舐《な》めすぎていると思う。

洋子はネイビーブルーのダウンコートにスノーブーツを履いていた。しかもセーターの下の背中や腰には、いくつも簡易カイロを張ってある。

見ようによっては、負傷だらけの力士のようだが、カッコ悪いなんて言っていられない。

待ち合わせの相手は性安課の情報提供者《エス》――指原茉莉だ。

茉莉は昨年まで神奈川県警の広報課の専属カメラマンをしていた。二十六歳。現時点では情報提供者だが、間もなく性安課専属の民間委託刑事に登用する予定の子だ。

この四月から、性活安全課にのみ民間委託刑事の採用が認可されることになった。長官判断による極秘採用だ。

理由は簡単だ。

発足三年。人出が足りなくなった。

しかし警視庁及び全国各道府県警本部の現職には、なり手がいなかった。潜入捜査を基本とし、挿入行為も辞さない部門ゆえ、その性質上、配属には本人の同意を要するのだ。

総務部長の久保田《くぼた》は、各部門長の推薦を基に、多くの職員に面接したが、希望する者は、ひとりもいなかった。

男性職員は、こう言ったそうだ。

「任務で、命は投げ出しても、精子は投げ出したくはない」

女性警察官は、聞く耳すらもたない。

「性安課の部署名を出すこと自体がセクハラです」

ごもっともだ。

三年前の春。

洋子は、売春組織の黒幕だった大物政治家を逮捕する直前、その政治家に、むりやりブスリと挿し込まれた経験がある。

――誰にも言っていないが、処女だったのよ。

しかも処女膜を殉職させても、二階級の特進はない。内緒にしているから、あたりまえだ。

性安課とは、そういうリスクのある部署だ。

なし崩しに集められた新宿《しんじゅく》七分署の発足メンバーに、昨年四月、神奈川県警広報課から石黒里美《いしぐろさとみ》が希望転属してくれたが、それでも合計八名だけの部隊である。

性安課は現在、警察庁総務部の直轄であり、全国を対象とする広域捜査部門となったが、八人では捜査に限界がある。

そうしたことから、性安課限定の民間委託刑事の導入が検討されていたのだ。

任命条件は、一年間以上の内偵経験を積み、最終的に実際の捜査においてその能力を判断するというものである。

いわゆる「みなし事業者」からの採用という霞《かすみ》が関《せき》独特の玉虫色許認可方法である。正式な免許を与える前に、無免許で経験を積めというやつだ。

この制度のスタートを見越して、洋子は、三カ月前に茉莉を、東洋最北の歓楽街であるススキノへ、潜り込ませたのだ。

つまり内偵経験の実績づくりである。

茉莉からの週報は、そのまま総務部の久保田にも回してある。久保田もその報告のきめの細かさを評価していた。

二週間前に、彼女からある情報が入った。

組織売春の可能性が濃厚とみられる事案だった。

いよいよ、実際の捜査に参加させて、採用を判断する時期だった。

答えは決まっている。「採用」だ。そのためにも今回の捜査は絶対に成功させねばならない。

待ち合わせは、午後五時の約束だ。

それから、十五分が過ぎても、茉莉はやってこなかった。

「警察の情報提供者《タレコミ屋》だと割れたのでは」

松重が言った。動かした唇がすでに紫色になっている。

「逆に誘い出されたってこと?」

「ありえます」

芸能事務所がもし本当に売春斡旋《あっせん》をしていたならば、その背後に反社会的組織がついている可能性が高い。その連中が茉莉を尾行、観察している可能性は捨てきれない。茉莉はまだ尾行をまけるような訓練は受けていない。

「警察の情報提供者だと割れたら、どうなるんでしょう」

「シャブ漬けにして、逆スパイに使うのが王道だ」

松重の目が光る。松重は元マルボウだ。その辺の事情に詳しい。洋子は、息が詰まりそうになった。

「とりあえず、缶コーヒーでも飲んで少し暖をとりましょう」

松重と並んで、西六丁目へと移動した。

屋台で缶コーヒーを二本買ってふたりで飲んだ。

さらに十分が経《た》った。

「電話を入れてみるわ」

洋子はダウンのロングコートのポケットからスマホを取り出した。

「それ、小栗《おぐり》が作ってくれた新型スマホですよね」

「そう。新しい武器が満載されているの、松《ま》っさんはもう試してみた？」

「いや、出がけに急に渡されたので、そんな暇はなかった」

小栗順平《じゅんぺい》は性安課のＩＴ担当者で、スパイ映画さながらに、さまざまな武器を開発してくれる男だ。

警察官は拳銃の所持が認められているが、洋子は極力、非致死性武器を使用することにしている。淫場捜査には、その方が相応《ふさわ》しいと考えているからだ。強行班と異なり、踏み込んだ淫場は、相手が真っ裸な場合が多い。

そこに拳銃は似合わない。それが洋子の信念だった。

このスマホには、小栗がロックコンサートで体験した光と音の凄《すご》さに触発されて開発した武器が装着されている。

瞳のマークのアイコンをタップすれば、相手の目が潰れるほどの閃光《せんこう》が放たれ、耳のマークのアイコンをタップすれば鼓膜を劈《つんざ》くほどの大音量が鳴る。

小栗いわく特殊閃光手榴弾《スタングレネード》の能力を分解したものだそうだ。

特殊閃光手榴弾は、非致死性の兵器で屋内に立てこもる容疑者に対して使用することが多い。

使用された相手は、五秒ほど視覚と聴覚を失い場合によっては気絶する。投げ込む側も、当然防護用の耳栓と高濃度サングラスを装着していなければ、自分たちも、方向感覚を失うことになる。

しかも特殊閃光手榴弾は煙幕も発する。これは相手に恐怖感を与えるためだ。

小栗は新型スマホに、さらにもうひとつ能力を付け加えたそうだ。

悪臭だと言っていた。

鼻のマークのアイコンを押すと、鼻がもげるほどの悪臭を発するという。これは、鼻だけではなく喉にもダメージを与えるので、投擲《とうてき》して使用する以外にタップするなと言われた。

同じ場所にいた場合、防護する方法がないのだそうだ。

「誤作動だけはさせたくないわね」

「ここで大音量や閃光が上がったら、パニックだ」

「大丈夫、注意しながら使う」

2

「やばい、遅れちゃう」

すでに三分遅れている。

大通公園は想像以上に、ごった返していた。指原茉莉は人ごみをかき分けて、帯状の公園内を西に進んだ。

今日から「第六十九回さっぽろ雪まつり」が開催されていた。

メイン会場がこの大通公園だが、警察庁の真木洋子はここで待ち合わせようと言い出した。

歩いていると、すぐに大雪像「ファイナルファンタジーXIV〝白銀の決戦〟」が目に飛び込んで来た。四丁目広場だ。

見上げていると首が痛くなるほどの高さだ。

じっくり見物したかったが、先を急いだ。待ち合わせ場所は七丁目だ。すでに三分過ぎていた。

だが、五丁目の広場を進むうちに、茉莉は、その足を止めずにはいられなくなった。

あまりにも美しい大氷像がそこにあった。

「ファンスタティック！」

氷像に向かい思わずそう叫ぶ。

タイトルは「台湾《たいわん》—旧台中駅《たいちゅう》」。藍色に染まり始めた空にくっきりと映える氷の駅舎だ。

——これを撮らずにいられるか。

カメラマンとしての虫が騒いだ。

約束の時間には遅れているが、三分とかからない場所にいる。

――ちょっとだけ撮る。

茉莉は、すぐにショルダーバッグから愛機を取り出した。

スナップ用のニコンＤ３４００。シャッターを切るたびに、画像がスマホに転送される機能がついているので、思いつくままにガシガシ撮れるタイプだ。

スマホはショルダーバッグの中に入れたままだった。

横に広がる半透明の駅舎に向かって、茉莉はレンズを向けた。

まずは全体像を撮る。

構図を少しずつ変えながら、夢中でシャッターを切り続けた。ショルダーバッグの中で、スマホが震えていたが、画像を送っているせいだと思った。

と、すぐ脇で、男性の声がした。しわがれた声だ。

「本物は赤煉瓦《あかれんが》作りなんだよ。氷像になっても風格はあるね」

あわてて液晶画面から視線を離し、声の方向を見ると茉莉に話しかけているわけではなかった。

老夫婦が、仲良く氷像を見上げている。共に七十代半ばぐらいに見える。

「日本統治時代に建てたんでしょう」

夫人が感慨深げに答えた。ふたりとも札幌弁ではない。標準語のイントネーションだった。

夫の方が、ガイドブックを見ながら説明を続けた。

「あぁ、かの地に完成したのは一九一七年だそうだ。大正六年だな。二年前まで現役の駅舎として機能していたとあるよ。百年近くも活躍していたことになる」

「いまも残っているんでしょうか？」

夫人の質問に、夫はふたたびガイドブックに目を落とした。

「新駅舎とも自由に行き来できるようになっているそうだ」

「あら、それは、ぜひ本物も見に行ってみたいですね」

夫人が、夫の腕を摑《つか》みながら言った。

「元気なうちに、行くかね。今年の秋からは、台中市で花の博覧会があるそうだ」

「それはいいチャンスですね。行ってみたい」

ゆとりのある夫婦らしい。五十年後は、自分もこんなふうに観光したいものだ。

茉莉は、夫婦の会話を聞きながら、シャッターを切った。

アングルを変えた。屋根の中央にある時計台の部分をアップにした。実に精密に出来ている。液晶を覗《のぞ》きながら、少しずつ前に進んだ。

見物客に、ぶつかった。

「ごめんなさい」

構図に夢中になると、周りが見えなくなるのがカメラマンの性《さが》だった。謝りながらも、またファインダーを覗いたまま、横に歩いた。

駅舎の下手に動く。氷像のタイトルを撮っておくことにした。

「台湾—旧台中駅」と書かれた台座の前では、数人が記念写真を撮っていた。十人ぐらい。

数人ずつが順番に撮っている。聞こえてくるのは中国語の会話だ。

台湾人か、中国人か、そこまではわからない。いずれにしても。中国語を母国語にする人たちだ。

その観光客たちの様子もサイドから撮影した。

中国人がこの台湾の駅舎の氷像を前に嬉々《きき》としている画像は、地元紙やタウン誌に売り込めば掲載してくれる可能性がある。

茉莉がレンズを向けると、最初の数人は、笑顔でVサインを送ってくれた。

だが、三番目に台座の前に立った二人組の男性は、明らかに不機嫌そうな表情を見せた。カメラを構える仲間のひとりも、レンズを下ろしたまま、じっと茉莉を見つめている。

観光客とは違う雰囲気だ。

——悪かったわよ。

茉莉は会釈して、氷像の上手へと移動した。そこから斜めのアングルで撮影することにした。

あっという間に陽が暮れて背景が深い藍色になった。

その瞬間、氷像がライトアップされた。

今度は様々な色に輝きだす。

夢中で何発もシャッターを切った。

気が付くと、待ち合わせのスウェーデン広場に行かなければならない時間を過ぎていた。茉莉は最終カットを撮ろうとレンズを駅舎の正面玄関に向けた。

ちょうど、そこにさっきの不機嫌そうな中国人たちがこちらに向かって歩いてきた。

向かってくるのはふたりだ。カメラで写していた男と、撮影されていた男の片割れ。

もうひとりは、逆方向に走っていた。なぜ走っているかは、わからない。

背負っているデイパックが重そうに見える。

すれ違いざま、男のひとりにカメラを叩《たた》き落とされた。落とされた瞬間にシャッターが切れた。

硬い雪道にレンズが激突する。もうひとりの男が、さりげなく、ボディを踏んだ。あからさまにではない。ちょっとつんのめるような恰好をして、スノーブーツの爪先で踏んだのだ。

ニコンのボディが嫌な音を立てた。男がそのカメラを拾う。とりあえずレンズは割れてはいなかった。

「滑ったよ。わざとじゃないよ」

うまくない日本語だった。

だが、滑ったように見せかけているが、故意なのは明らかだ。カメラマンの本能として、キレた。

「ふざけないでよ」

茉莉は、男のジャンパーの襟と胸倉を摑んだ。

神奈川県警の広報課の専属だった頃、女性警察官たちから柔道を教わっていた。

多少の心得はある。

足払いを掛けようとしたその瞬間、目が眩《くら》んだ。

頬に男の拳がめり込んでいた。想像の範疇《はんちゅう》を越えた返しだった。

「うっ」

やばい男たちを相手にしたと、後悔したときには、身体《からだ》がよろけていた。

ショルダーバッグが肩から落ちる。

「攫《さら》うぞ」

どういうこと？

摑まれた両腕を振り払おうと抵抗すると、同じ男に、腹に拳を叩き込まれた。

「ぐえっ」

吐いた。前のめりに倒れそうになる。

男たちが左右に分かれ、茉莉の両腕を取って支えた。傍目《はため》には酔った女が介抱されているような格好だ。

茉莉は、路面に落ちたままになっているショルダーバッグを踵《かかと》で後方へとキックした。ショルダーバッグはアイスバーンと化した道路の上を勢いよく滑っていく。

「ちっ」

茉莉を殴ったほうの男が舌打ちをした。そのまま歩かされた。

恐怖で声も出せなかった。男たちも無言だ。北へと進んでいる。旧道庁の近くの路地にワゴン車が止まっていた。黒のハイエースだ。

後部シートに放り込まれるなり、目隠しをされた。口にはボールギャグを嵌《は》められ、両手は後ろに回され手錠を打たれた。

SMの趣味はない。普通のセックスすら経験ないのだ。

そんなことを考えたが、余裕があるわけではない。目の間に迫る恐怖を直視することを、脳が拒否し、別のくだらない想いを浮かべさせただけだ。

ワゴン車が走り出した。

運転席と助手席に座った男たちは、中国語で話し出した。

まんとかちんとか言っている気がする。イントネーションは名古屋弁に似ていて、みゃ〜とかにゃ〜にも聞こえた。

意味はさっぱりわからない。

真木洋子はスマホの特殊閃光手榴弾のアイコンに触れないように、慎重に電話モードに切り替えた。

こちらの発信番号は知らせてある。

3

「はい」

電話の相手は出た。

だが茉莉の声ではない。

弾むような茉莉の声音とは異なる落ち着き払った年配の女性の声だった。

「あなたは、誰ですか」

洋子は訊《き》いた。

「そう言うあなたは、誰ですか」

相手もそう尋ねてきた。

当然の質問であるが、これでは白ヤギさんと黒ヤギさんの手紙みたいな問答だ。

洋子は液晶画面を確認したが茉莉の番号に間違いなかった。

電話の主は何者か？

確認出来るまで不用意な発言は出来ない。茉莉の名前を伝えることも、自分の名を名乗るのも適切ではない。

洋子はアドリブで探りを入れた。

「あれ、ひょっとしてお母さまですか。私、横浜の古泉《ふるいずみ》ですよぉ。ご無沙汰しています。まーちゃんと五時に待ち合わせていました」

古泉今日子《きょうこ》は神奈川県警の広報課長。かつての茉莉の雇い主であり、洋子にとっては警察庁の先輩キャリアである。あえてその名前を使った。茉莉のこともあえてフルネームでは呼ばない。

少し間があって、相手が答えた。

「……私は母ではありません。十分ほど前に、足元にこのスマートフォンが入ったショルダーバッグが滑り込んできたんです。いま主人と一緒に案内所に届けに行こうかといっていたところです」

どうやら偶然現れた第三者らしい。

「えっ、そうなんですか。いま、どちらにいらっしゃいますか」

「札幌ですよ」

相手はなおかつ慎重だった。

洋子はリアリティのある会話に切り替えた。

「大通公園ですよね。私たち七丁目のスウェーデン広場で待ち合わせていたのですが遅いと思って電話をしました。私はいま六丁目の食の広場にいます」

「あぁ、近くにいらしたのですね。よかったわ。こちらはいま五丁目東エリアの大雪像の前にいます。いらっしゃいますか」

「バーンスタインが遺《のこ》した音楽祭の雪像ですか」

洋子はパンフレットの案内図を見ながら確認した。

「そうです、そうです」

「わかりました。すぐ行きます。私は濃紺のダウンコートを着ています。恐れ入りますがなにか目印になることを教えてください」

「雪像の下にパシフィック・ミュージック・フェスティバルという文字が描かれています。……ええ、アルファベットです。そのPの文字の前に主人と一緒に立っています。私はベージュのオーバーコート。主人は黒のダウンジャケットです。名前は田中《たなか》と言います」

「ありがとうございます」

洋子は松重に向かって親指を立てた。

「ひとりを装うわ。松っさんは後方から観察して」

「了解」

まだ相手がどんな人物かわからない。松重の存在は隠しておいた方が得策だ。

洋子は五丁目に向かって走り出した。松重は間隔を取って早歩きで付いてくる。

4

「このショルダーバッグの持ち主の方なら、ほんの少し前まで、そこの氷像の写真を熱心に撮っていました。はい、私の横にいたのでよく覚えています」

バーンスタインの横顔が描かれた雪像の前、田中宏幸《ひろゆき》と名乗る老紳士が、そう教えてくれた。電話に出たのは妻の方で由美《ゆみ》と言った。

東京からの観光客で、共に七十歳だという。どちらも白髪。とてもいい具合に歳《とし》を重ねた夫婦に見える。

聞けば五年前に完全定年し、以後は夫婦で旅行をすることを楽しみにしているという。

「たぶん、撮影に夢中になって落としたんですね。それをまた誰かが、蹴とばしちゃった」

夫人が自分の足元にショルダーバッグが滑り込んできた時の様子を身振り手振りで教えてくれた。

洋子は礼を言い、茉莉に出合えたら、本人からもお礼をさせると、田中夫妻の連絡先を尋ねたが、ふたりは首を横に振った。

「何も気になさらないでください。バッグを拾い、それをご友人に返したまでのこと。それでよろしいじゃありませんか。私たちはスマホ以外一切触れていませんが、もし、バッグの中身の何かが紛失していたとしても、私たちは関わり合いになりたくないのです。案内所に届けても名乗るつもりはありませんでした」

夫が面倒なことはごめんだ、というふうに肩を竦《すく》めた。

「わかりました。本当にありがとうございます」

バッグにもスマホにも指紋がついている。善意の第三者であることが濃厚なのだから、それで充分だった。

深々と頭を下げて、ふたりの前から辞去した。

振り返ると二メートルほど後ろに松重が立っていたが、目だけで合図をした。瞬《まばた》き三回。食の広場に戻るサインだ。

田中夫妻の視線から逃れるために人ごみに紛れ、いったん四丁目広場に向かい、さらに大通りへと出てから六丁目の食の広場に戻った。

潜入捜査を基本とする立場上、常に行動を隠す習性がついている。

四丁目の地元テレビ局が主催する広場の大雪像「ファイナルファンタジーXIV〝白銀の決戦〟」はさすがに一番人気とあって外国人観光客でごった返していた。

制作がさっぽろ雪まつりのファンタジスタと呼ばれる陸上自衛隊の「第一雪像制作部隊」であることも人気の理由らしい。

先に六丁目に戻っていた松重が、ラム肉の串焼きにかぶりついていた。

「ずるーい。私はあえて遠回りしてきたっていうのに」

「俺は、あの夫婦に顔を見られたわけじゃないんだから、とっとと元の場所に戻ってもかまわないでしょう」

松重が紙皿に載せた串焼きとバターをたっぷり塗ったジャガイモを差し出してきた。

「ありがとう」

湯気が上がっているジャガイモを先に齧《かじ》った。北海道に来たという実感がわいてきた。

「ビールは要りますか」

レザージャケットの左右のポケットから松重が缶ビールを取り出した。この都市の名と同じメーカー名のビールだ。確かに札幌で他のメーカーのビールは飲みにくい。甲子園《こうしえん》で巨人のキャップを被《かぶ》るようなものだ。

「ビールを飲んじゃうってことは、松っさんとしては、手の打ち方が決まっているということですね」

洋子は、ビールを受け取った。立場こそ洋子が上司だが、洋子は常に松重の考えを尊重することにしている。御年五十一歳の松重は、叩き上げの元マルボウだ。肝も据わっているし、捜査手腕も卓越していた。

「はい、まず課長がノースエージェンシーに電話を入れて、打ち合わせのキャンセルをしてください」

「こういう場合、姉とか、名乗ればいいのかしら?」

「普通、本人に成りすますでしょう」

「ええええ、それはムリよぉ」

自分は三十四歳だ。二十六歳の茉莉の弾むような声を出す自信はない。

「なら、そのスマホでメールしてください。文体模写なら出来るでしょう」

「そっちはお手の物です」

三年前に性活安全課を立ち上げるように命じられるまでは、洋子は警視庁の犯罪抑止部分析課に所属していた。これでもキャリアの元分析官である。

その時代、多くの偽造文書も見ていた。詐欺師の多くがなりすまし文章のプロで、その特徴を分析するのも洋子の任務だった。

おかげで、なりすまし文章の専門家になれた。

すぐに茉莉の文体を真似《まね》て、ノースエージェンシーにメールを入れた。

風邪《かぜ》をひいて声が出せないと言い訳して、二日後のリスケを懇願する内容にした。

意外なほど返事は早かった。

相手は、あっさり了解してくれた。

タレントではなくカメラマンの面接だから、そうそう急ぐこともないのだろう。

「こちらは片付きました」

洋子はビールを呷《あお》った。

「茉莉の追跡は、いま桜田門で小栗にやらせています」

松重なら、その手を打っていると確信していた。不愛想だが仕事は早い。

小栗は、性安課のIT担当捜査官だ。

松重からの一報を受けた小栗は、いまごろ裏技を駆使して北海道警のNシステムや大通公園に設置された防犯カメラのデータに侵入しているはずだ。

膨大な画像の中から、茉莉の顔を割り出し、その動きを追跡するのも、彼の任務だ。

刑事が地取《じど》り、鑑取《かんど》りで数日かかる作業を小栗は一時間ほどで、探索してしまう腕を持っている。もちろん他部署のシステムに無断で侵入するのはご法度なのだが、その形跡すら残さないところが、小栗の小栗たる所以《ゆえん》である。

「真木課長。居場所がわかるまで、暖かいところに入りませんか」

松重がビールの缶を握りつぶした。

「そうね。体力を温存しなきゃ」

これから修羅場になる可能性が大きかった。

「はい。喫茶店にでも入って、茉莉のスマホの中身を検証しましょう」

ふたりで時計台方面へと歩いた。喫茶店は見つからなかった。

「札幌ですし、味噌《みそ》ラーメンというのはどうです」

松重がギョロ目を剝《む》いた。

「悪くないわね」

消えた茉莉のことを考えれば、悠長にラーメンを食べている場合ではないのだが、あてもなく動くことも無意味だ。

体温のキープ、今後使うエネルギーを考えれば、ここはラーメンだった。

打ち合わせに都合がいい、混雑した大型店『なまらうまいっしょ』に入った。寂《せき》とした店では話しづらい。店名は、北海道弁で「とてもおいしい」という意味だ。

「味噌バターコーン、ふたつでいいですよね」

松重はメニューも見ずに言い、すでに店員に向かって手を上げている。

「塩っていう選択はないかしら」

洋子は、対案を出した。何ごとにも別の角度からも検証してみるというのが癖になっている。

「初日にそれはないでしょう。塩と醤油《しょうゆ》は明日以降でいいと思います。札幌に来たんですから、まずは味噌です」

松重の主張に、洋子は従うことにした。

店員がやって来た。白人だった。胸に「ポール・ホワイト」と書いたプレートを付けている。金髪、ブルーアイズ。ハンサムだ。

洋子はうっとりした。

「みなさん、札幌に来ると味噌ラーメンといいますが、うちは塩ラーメンもうまいですよ」

流暢《りゅうちょう》な日本語だった。二十歳ぐらい。体型はがっしりしている。

「ポール君、留学生？」

洋子は思わず聞いた。

「はい。シドニーから来ました」

「私は塩バターラーメンにする。コーンもトッピングしてね。ポール君、日本語上手ね。日本語学校に行っているの？」

「いいえ北海スポーツ科学大学です。勉強よりスノボがしたくて入学したようなものですけどね」

その大学名なら洋子も知っていた。通称「北スポ大」。新興大学だがスノースポーツの選手育成に力を入れており、国際的に活躍する選手を多く輩出している。

「俺は味噌バターコーンだ」

松重が急き立てるようにオーダーした。ポールがメモを取り去っていく。

「これ、茉莉のスマホとバッグ」

洋子は田中夫妻から受け取ったスマホとショルダーバッグをテーブルの上に載せた。松重にも見えるようにテーブルの中央に置く。

ふたりで額を突き合わせて、まずメールと電話の発着信履歴をチェックした。メールはほとんどが洋子とのやり取りだった。電話の履歴で「里奈」「ノースエージェンシー」それにバー「あべちゃん」の番号がわかった。ラインは使っていなかった。情報漏洩《ろうえい》を恐れて手を付けずにいたのだろう。性安課でも通常ラインは使わない。性安課固有のセキュリティが施されたシークレットウォッチで情報共有は行うことにしている。

「画像データは、どうなっていますか」

「ちょっと待ってね」

松重に促され、スマホのデータボックスをタップすると、すぐに画像がアップされた。よくわからない画像だった。白い背景に黒いラインが斜めに写っている。

「これ、なにかしら。なんか間違えてシャッターを押した感じ」

「うーん。誰かの腕じゃないかな。よく見えないけど上方に写っているのは手首じゃないですかね」

そう見えないこともない。

「課長、撮影時間は、どうなっていますか」

松重は禁煙の張り紙を恨めしそうに睨《にら》んでいる。

「十七時三分二十二秒。私たちとの待ち合わせ直後……」

洋子は伝えながら画像を先送りした。

腕らしき画像のひとつ前に、男がふたり写っている。

どちらも短髪。格闘技でもやっているのか、胸板が厚く腕も太かった。ひとりはブルー、もうひとりは黒のダウンジャケットを着ている。

黒のダウンを着た男の方がレンズを睨んでいた。一重瞼《ひとえまぶた》だ。

画像を数枚前に送っていくと、このふたりが観光客であることがわかった。

大氷像の前で、彼らが記念写真を撮っている光景を、茉莉が斜めの方向から撮っていた。男たちはそもそも三人組のようだ。他にも数組が記念撮影している様子を撮っている。

「茉莉は、氷像の広場にいたんだわ。これ駅の氷像」

「ちょっと待ってください。雪像はいくつもあるが、氷像はふたつしかない」

松重がポケットからパンフレットを取り出し、大通公園会場の展示物を確認した。

「これですね。台湾―旧台中駅」

「そうだわ。新聞社が主催する広場。五丁目の西サイドだわ」

ツアーガイドが旗を持っている姿も写っている。漢字ばかりが書かれた旗だ。中国人ツアーに違いない。

「ちょっとそこからまた後半に順に送ってもらえませんか」

松重が身を乗り出してきた。観光客が記念撮影している場面から、ミスショットらしき画像で終わるまでの十数カットを順に送った。今度は時間の経過とともに進める。反復して何度も見返す。

「彼女はこのふたりに、カメラを叩き落とされたんじゃないでしょうか」

松重が嘆息した。洋子にもそう見えた。

何気に写真を撮られた男ふたりが怒って、茉莉に文句を言いに来た。腕を伸ばしてカメラを叩き落とす。その瞬間シャッターが切れていた。

「なんらかの理由で、このふたりに拉致された可能性があるな」

「写真を撮っただけで拉致ですか」

「カメラを振り落とされた後に揉《も》めたとか」

「あり得るわね」

「はい、味噌バターコーンと塩バターコーン」

そこにラーメンが運ばれてきた。湯気が上がっている。いい匂いだ。味噌も塩もどちらも正解だ。

「ちょっと行儀が悪いですが、すみません」

松重はせわしなく箸を動かしながらも、スマホを自分の方へ向かせ、さらに画像を何度も繰り返し確認しだした。

「松っさん、なにか気になることでも」

「はい、この観光客なんですが、初めは三人でしょう。ですが、茉莉の方へ向かって迫っているのは、ふたりでして」

「ひとりはフレームアウトしているだけじゃない」

塩スープから掬《すく》い上げた麺に、バターの欠片《かけら》が絡んで濃厚そうだ。

「いえ、もうひとりは反対側に走っています」

「友達じゃなかったとか」

「気になるのは、最初のカットより、その男が背負っているデイパックが大きくなっているんです」

「それ何か意味があるんでしょうか」

「もしかしたら金塊の密輸とか」

「なるほど」

最近、普通の中国人観光客がマフィアに頼まれて金塊を持ち込んでくることが多い。香港《ホンコン》、シンガポールで購入した金塊を、日本の税関を巧《うま》くすり抜けて持ち込み販売すると、それだけで八パーセントの利益が出るからだ。

金は国際相場で取引されているが、日本では消費税が発生する。香港、シンガポールにはこれがない。

持ち込んだだけで利益が確定するのはこのためだ。チャイニーズマフィアも日本のヤクザもここに目を付けないわけがない。

運び屋としてごく普通の観光客が使われることが多い。入国したら、指示された特定の場所で引き渡すのだ。

松重はもともと新宿七分署の組対課の刑事だ。そうした犯罪に詳しい。

「記念撮影をしながら、別な観光客とここでさりげなく、なにかを交換したという仮説は成り立つわね」

スパイ映画でよくあるパターンだ。

「金塊とは断定できませんが」

松重が沈黙した。何か考えている様子だ。

そのとき洋子のスマホが震えた。バイブモードにしてある。

裏起毛の暖パンツの右ポケットで振動した。スマホの角が鼠径部《そけいぶ》にあたり、そのまま股間にまで響いてくる。違う意味でのバイブ効果があった。妙な気分になる前にすぐに取りだした。

小栗からだった。

「はい、真木です」

「指原茉莉の件、判明しました」

桜田門の性安課特殊工作室にいる小栗の声は弾んでいた。

「早いわね」

「楽勝です」

これが他部署のデータに無断で侵入する強みだ。ルール違反は承知だが、少数精鋭部門につき、長官直々の許可を得ている。

「茉莉は赤のダウンジャケットを着ています。カメラを叩き落とされて、男ふたりと揉めた様子が防犯カメラにありました。そのまま公園の脇で、車に乗せられました」

やはりトラブルになったのだ。

「その先はわかる?」

「現在地は市内の自動車解体工場です。車が工場に入ったのは、午後六時〇二分。これからマップを送ります。車の所有者はその工場の代表者で真田佳昭《さなだよしあき》です。いまこの男の素性を洗っています。わかり次第連絡します」

小栗は北海道警や札幌市役所のビッグデータに侵入する気だ。

「絶対、ばれないように探ってね」

電話を切るとすぐに工場のマップが送られてきた。市内だが、少し外れた位置にある。

洋子はすぐに箸を置き、財布を出した。勘定をテーブルに置く。飛び出さねばならない。

「松っさんの読み、当たったみたいです。男ふたりは観光客じゃないです。日本人かも知れません。茉莉はなにかやばい取引でも写して攫われた可能性が大ですね。やっぱ金塊ですかね」

「うーん。あのバッグの膨らみ方から見て、覚醒剤ということはないと思うんだが……ちょっと待ってください」

松重はせわしく箸を動かしはじめた。

「茉莉の居場所がわかったんですから。急ぎましょう」

「相手が犯罪のプロだったら、女性をすぐに殺したりしませんよ。商売になると踏むでしょう。まだ大丈夫です。急ぐときのラーメンほどうまいものはないです」

完食してから動く気らしい。

しようがないので、洋子も再び箸を持った。

5

内密で潜入捜査をしようと思っているので、ススキノ三十九分署には協力依頼はださずに、タクシーを使って、市のはずれにある自動車解体工場にやって来た。

目的地の百メートルほど手前で降りた。

闇に紛れて歩くと「真田実業」と墨で書いた木製の看板が見えた。

金網のフェンスに囲まれた広大な敷地だった。

藍色の空から雪がちらほら降ってきた。まるで芝居の紙吹雪のような降り方だ。

洋子たちは金網の破れ目から工場内へ入った。

廃車が堆《うずたか》く積まれている。他に大型冷蔵庫や洗濯機の類の山もあった。それらの製品を、覆い隠すように、白い雪が降り積もっていた。

「解体せずとも発展途上国じゃ、結構まだ需要があるんでしょうな」

松重が、スクラップの山を見上げながら言っている。

「充分あるわよ。四年単位でモデルチェンジする日本やアメリカが供給過多なだけ」

洋子は先だってテレビで見たキューバの光景を思い出した。

首都ハバナでは一九五〇年代のアメリカ車が、現在も現役で活躍している様子が流れていた。革命直後にアメリカ人たちが残していった車をキューバ人たちは、七十年近く修理を繰り返し使用してきたのだ。こまめに手入れをすれば車の耐用年数は百年近くあるということだ。

もっともそれでは自動車メーカーは食えなくなるのだろうが、新車投入のサイクルはもう少し長くてもよい気がする。

「確かに。程度のいい車は、ロシアやウクライナに売るんでしょうな」

松重は頷いた。

この男はプライベートでは、いまだに七〇年代のハコスカに乗っている。

「あちこちに監視カメラがあるわね」

「そのおかげで、小栗はここが特定できたんです。しかも、いまは逆手に取っています」

松重はカメラの視界の前を堂々と横切った。

「それもそうね」

東京でこのカメラの映像もチェックしている小栗は、洋子たちが門の前に到着したのを見届けた瞬間から、過去映像を確認しているはずだ。一時間前から撮りためてある映像を再上映しているのだ。

「なまじ監視カメラがあることで油断する。映っていることがすべてだと、信じてしまうんですよ」

どんどん前進していく松重の背中を追って、洋子もカメラの前を渡った。

広大な敷地の端に事務所棟が見えた。灰色のコンクリートの二階建てだが、相当築年数が経っているようだ。二階の窓に明かりが灯《とも》っている。

「新型スマホを使ってみるいい機会ですね」

松重がにやりと笑った。

「まずは茉莉が監禁されている部屋の特定よ」

洋子と松重はフェンスの内側を慎重に歩いて、棟に向かった。雪に足跡がいくつもついていた。その上を踏みながら進む。

とてつもなく寒い。マイナス五度ぐらいだろうか？　体温がどんどん奪われていくようだ。やはり先にラーメンを食べてきたのは正解だった。すきっ腹だったら、体感温度はさらに厳しいものだったろう。

棟の脇に鉄製の外階段があった。手すりは錆《さ》びついている。

「雪のおかげで、足音が立たないです。こっちから上がりましょう」

松重に促され、鉄階段を昇った。

二階の扉の前までたどり着いた。扉に磨《す》りガラスの窓がついている。松重はドアノブを回した。ロックされていた。

「窓、破る？」

洋子は聞いた。

「いやガムテープも持って来ていないので、それでは音が出ます。こっちでやります」

松重は革のジャケットから万能キーを取り出した。これも小栗の手製だ。乱交パーティのような淫場に踏み込む際に、たいがいの鍵は開けられるように、さまざまな鍵山が作られている。松重が鍵穴に差し込んだ。

「棟は古くても、鍵だけは最新式にしているみたいですね。ちょいと手間がかかりそうです」

寒そうに手を震わせている。

そのときダウンジャケットのポケットで、茉莉のスマホのほうが震えた。

「ちょっと待って」

扉を開けようとする松重を制した。ポケットから抜き出し、液晶を覗くと、画像が浮かんでいた。

写っているのは茉莉本人だ。ブラジャーとパンティ姿にさせられている。

「誰か別の人間がシャッターを押しているのよ」

声を潜めて松重に伝えた。予備のカメラがあったのだ。

「自動受信できる範囲に近づいたということだ」

「様子を見ましょう。中の様子が特定出来るかもしれません」

「了解しました」

松重は黒革の手袋を嵌めた。さすがに素手は寒い。

「大型の石油ストーブがあるわ」

画像の端に赤々と燃えるストーブが写っていた。関東の人間には縁のないような大きなストーブだった。五十インチの液晶テレビほどの大きさだ。

　部屋の広さまでは不明だが、ストーブの大きさから推し量って二十畳はありそうだ。

「札幌ではエアコンぐらいじゃ、どうにもならないってことですね……これは、カートリッジ式のストーブじゃないな。ということは、よしっ」

　松重が固めた右の拳を左の手のひらに当てた。何か閃《ひらめ》いたらしい。

「炙《あぶ》り出しではなく、凍え出しを仕掛けましょう」

「どういうこと？」

「この棟の裏手に灯油タンクがあるはずだ」

　松重が階段を降りていく。何をしようとしているのか、さっぱりわからない。洋子は追いかけた。地面はおそらくコンクリートだと思うが、地肌はまったく見えない。青光りする氷面をふらつきながら進んだ。先を行く松重も滑稽な動きになっている。闇夜の氷上歩行は、喜劇的だった。

「あれが、外付けの灯油タンクです」

　棟の裏側。壁に並行して平板なタンクが設置されていた。四本の脚がついた据え置き式だ。

「寒冷地では大量に灯油を使うので、いちいちカートリッジに給油していたのでは間に合いません。ほとんどの家が五百リットル単位の外部タンクを所有していて、業者が定期的に給油していくんです。青森の友人から聞いていました」

「プロパンガスみたいね」

「似ています。こいつのバルブを止めてしまいましょう」

「なるほど」

棟の壁から伸びる銅管に繋《つな》がるタンクのバルブを松重が締めだした。洋子はスマホのライトを翳《かざ》してヘルプする。

「締めました。十分もすれば奴《やつ》らの部屋のストーブは消えます。エアコンだけでは、きついはずです」

洋子はスマホで札幌市の現在気温を確認した。

マイナス六度。

「茉莉は裸同然よ。風邪ひいてしまうわ」

「織り込み済みです。奴らが飛び出して来たら、すぐに助けます。真木課長は逃走用の車の手配をお願いします」

「待って、小栗君に聞くわ」

洋子はスマホをタップした。確保できる車両はないかと打つ。返事を見て、洋子は思わず笑った。

「経費削減ができそう」

「まさか、そこら辺に並んでいる廃車の中から探せっていうんじゃないですよね」

「小栗君が言うには、そこにあるワゴン車、鍵がつけっぱなしじゃないですかって。そもそもふたりが入って明かりがついたそうだから、中にはふたりしかいないのよ」

「敷地内に置きっぱなしだから、ありえるな」

松重が、黒のワゴン車のドアを引いた。開いた。

「監視カメラの解析で、こんなことまで見破るなんて、あいつは本当にたいしたもんだよ」

「機動《キ》捜《ソ》査隊《ウ》百人分ぐらいの力があるわね」

機動捜査隊は刑事部に所属する初動捜査の専門部隊である。殺人、強盗、傷害などの事件があると、即座に現場に駆け付け初動捜査を行い事案の早期解決を図ることを職責とする隊員たちだ。

捜査が長引いた場合には、捜査課の専門部署へと引き継ぐが、いち早く駆け付けたキソウによって検挙された容疑者も多い。

「この鍵、俺が持っています」

「よろしく」

松重とふたり、ワゴン車の陰に隠れて、茉莉のスマホを覗いた。拉致犯がシャッターを切っているらしく、画像が次々と送られてくる。

「早くしないとまずいみたい。茉莉ちゃん、ブラジャーを脱ぐように言われているみたい」

背中のホックに手を掛けている画像が飛び込んできていた。松重に見せる。任務だから仕方がない。

「乳首が見えないですな」

松重がぽつりと言った。

洋子は、松重の脛《すね》を軽く蹴った。このところキックボクシングを学んでいる。キャリアとはいえ、戦闘時に部下の足手まといになりたくないので、格闘技を身につけることにしたのだ。キックボクシングが一番手っ取り早いと教えてくれたのは松重だ。空手と似た技を身につけることが出来るが、礼儀作法を省略して覚えられる。この半年で、だいぶ蹴りが上達した。

「課長、勘違いしないでください。俺は、乳首の反応で部屋の温度が下がり始めたかどうか確認したいだけですよ」

「乳首じゃなきゃだめなの？」

「厳密にいえば乳暈《にゅううん》です。寒いとブツブツが出るでしょう」

「……そういうことですか。あっ、茉莉のブラが取れた」

「どうですか？　ブツブツ出ていますか」

松重は、覗き込んではこなかった。洋子としても、協力者の裸を見せたくはなかった。

「すぐに両手で押さえちゃったからわからない」

「ちっ」

松重が舌打ちをして、二階の窓を見上げた。そのとき、窓に影が映った。二本の影がうろうろしている。

「カメラのシャッターを切る手が止まったみたい。送信されてこないわ」

「たぶん、タンクを確認に降りてきます。階段の脇まで移動しましょう」

「わかりました」

「俺が男を確認します。真木課長は、中に飛び込んで、茉莉の確保を。今夜はそれで引き揚げましょう」

「わかりました。この工場のことは道警にチクっておきましょう」

たとえここが悪人どものアジトであったとしても、それは北海道警の刑事課や組織犯罪課の管轄だ。縄張り意識の強い警察組織では、無用な摩擦は避けたい。

松重が、外階段のすぐ脇に隠れた。洋子はさらにその背後に身を寄せる。

階段を降りる気配がした。

地面にスノーブーツの爪先が見えたところで、松重が飛び出した。

6

「うぐっ」

松重の革手袋で覆われた拳が男の右側頭部にめり込んでいた。正確に耳朶《じだ》の斜め上を打撃していた。頭蓋骨の中で、もっとも脆い部分だ。

男は一瞬にして倒れた。ブラックジーンズにスエードのブルゾンを着た男だった。

洋子はすぐに階段を上がろうとしたが、松重に腕で制された。

「もうひとりいるはずです。待ちましょう」

言いながら松重が、倒れている男の足を引き、階段の前から棟の脇へと移動させた。アイスバーンなので、引きずるのは容易そうだった。

しばらくして、階上で別な男の声がした。叫んでいる。中国語だった。言葉の意味はまったく解せなかったが、おおよその見当はつく。〈おい、どうした〉とかそんなところだろう。

男は、苛《いら》ついたような調子で階段を降りてきた。踏み鳴らす音が荒っぽい。

松重がポケットから新型スマホを取り出した。いずれかの機能を試す気らしい。

階段から降りてくる音が、近づいてきた。間近に迫ったところで、松重の方から飛び出した。洋子も続く。

二段上に男が立っていた。手に鉄パイプを握っている。松重は拳銃を向けるようにスマホを向けた。写メを取るような感じだった。

「誰だっ」

男は日本語を使った。

ジャージ姿で飛び出してきたためか、肩が少し震えている。マイナス六度は、中国人だろうが、ロシア人だろうが寒かろう。

「ここをどこだと思っている。あんたら、生きて帰れないよ」

中国人がいきなり鉄パイプを振りかざしてきた。スマホなどを向けられていても、確かに怖くないに決まっている。

上段の構えから、鉄パイプが一気に振り落とされてくる。松重がタップした。ピカッと光った。同時にカシャッとシャッターが切れる音。

(本当に写メを撮ってどうする?)

「おっと」

後ろに飛び退《の》いた松重が、尻餅をつく。弾みで洋子も弾《はじ》き飛ばされ、横転した。氷と化した地面は猛烈に硬かった。右の肩と腕に激痛が走った。息が詰まった。

男がさらに鉄パイプを振り落とそうとしていた。尻を突いたままの松重は、再びスマホを翳した。

「せっかくだから、笑ってくれよ。はい、ポーズ」

この期に及んでも冗談を言う松重の手元で、スマホが再び光った。男の顔に雷が落ちたような閃光が走った。それは百万カンデラの光の弾丸だった。

「うわっ」

一瞬にして、鉄パイプは夜空の彼方《かなた》へと放り投げられ、男は両眼を押さえたまま、地面に這《は》いつくばった。

光が当たった瞬間の男の表情は見ようがなかった。

　立体だった顔が、白い平面になってしまったような感じだった。

「死にもしません。小栗が言うには失明もしないそうです。まともに受けたので、五分間ほどは、何も見えないと思います。さぁ、上に行きましょう」

「わかりました」

　階段を一気に駆け上がった。開いたままになっている扉から突入する。

「茉莉、いたら返事をして」

　洋子は叫んだ。

「ここでーす」

　灯りが見えていた中ほどの部屋から声が聞こえた。間違いなく茉莉の声だった。

　松重と一緒に室内に飛び込む。突然、茉莉が悲鳴をあげた。

「いやぁああ。松重さんは、入ってこないでっ」

「わわわわ」

　松重は歩《ほ》を止めた。つんのめりそうになっている。

　茉莉はブラジャーどころかパンティまで脱がされ、パイプ椅子に括りつけられていたのだ。結束には梱包《こんぽう》用のラップが使われていた。

後ろ手に縛られ、両脚は思い切り開かされている。

豊かなバストと女の秘苑《ひえん》が丸見えだった。肉襞《にくひだ》が大きく寛《くつろ》げられている。同性ながら、他人の中身をこれほどはっきり見たことはない。ぬらぬらと光っていた。

当然陰毛も暴露されていた。

「あれ？」

洋子は陰毛を覗いて首を傾《かし》げた。左半分が刈り上げられていた。

「見ないでください」

パイプ椅子の下に電動バリカンとシェーバーが転がっている。カメラも置いたままだった。茉莉が涙を浮かべながら口を開いた。

「中東では、無毛が好まれるって、まずバリカンでやられました」

バリカンで短毛にしたところで、シェーバーを走らせるつもりだったのだろう。

「とにかく松重さん、見ないでください」

涙目の茉莉が訴えている。そりゃ、男に見られたくないだろう。

「わかった。俺は別な仕事をしてくる」

松重が退室していく音を聞きながら、電動バリカンを拾い上げた。

「ひっ。真木さん、何をする気ですか」

「いや、剃るんじゃなくて、そのラップを切断するのに、この刃ぐらいしか適当なものがなさそうで」

言いながら、茉莉の背後に回り、手首に幾重にも巻かれたラップに刃を立てて切断した。

「あぁ」

茉莉は嘆息し自由になった両手で、陰毛に触れている。

「段違いになっちゃった」

「いずれ揃《そろ》うわよ」

今度は前にまわって、太腿《ふともも》と足首のラップを切る。否《いや》が応でも茉莉の女陰を正面から見ることになる。茉莉があわてて、肉扉に指を這わせ閉じた。

「私、凌辱はされていませんから」

「わかっているわ。危険な目に遭わせちゃってごめんね」

どうにかすべてのラップを切断し終えた。茉莉はすぐにそばにあった自分の衣服を取った。すぐに着はじめる。

その間、洋子はカメラを拾い上げ、部屋のあちこちを撮影した。

スチールデスクの上に、書類が数枚散乱している。中国語が並んでいる。すべて写す。壁にカレンダーが張ってあった。いくつかの日にちに丸印がつけられている。これも写す。

そのほか、男たちの持ち物と思えるバッグやダウンジャケットも撮影した。のちのち北海道警の捜査員に貸しを作る材料になる。

管轄外の事案に協力する気はない。だが、自分たちの捜査に協力を求める際の交換材料を得ておきたい。

「真木さん、着衣完了です」

茉莉の声がした。

「平気？」

「なんかパンツを穿《は》いたら、よけいに毛の擦れ具合が落ち着きません」

茉莉が股上の土手の辺りを撫《な》でている。

「そういうことじゃなくてさ。体力とか、気力のこと」

「あ、はい、それは平気です」

茉莉が照れくさそうに笑った。

「じゃぁ、脱出するわよ」

茉莉とともに部屋を飛び出し、階段を駆け下りた。

十メートルほど先にあるワゴン車がすでにヘッドライトをつけてエンジン音を鳴らしている。運転席に松重の顔が見えた。ヘッドライトに雪がキラキラと輝いていた。

「あの車に乗って」

洋子は茉莉に声をかけ、自分も走った。いきなり足を取られた。倒れていた中国人のひとりに足首を鷲摑《わしづか》みにされていた。

「あんっ」

顔から地面に落ちた。頬に激痛が走る。

特殊閃光を受けたほうの男だった。薄眼を開けながら、這い上がろうとしている。

「あんたら、ただじゃすまさない」

男が片膝を突いた、頭を振っている。

洋子は氷の地面で尻を回転させ、右脚を伸ばした。アイスバーンのおかげで、座ったままの回し蹴りを放つことが出来た。その男の鼻梁《びりょう》を蹴った。

「んわっ」

ぐしゃりと骨が折れる音がする。降りしきる雪に混じって血飛沫《ちしぶき》がとんだ。

「うっ」

男は鼻を押さえたまま地面に伏した。雪がいっそう降りだしてきている。

「せいぜい雪で冷やすことね」

洋子は手を突いて立ち上がった。

「真木課長、早く。雪で視界が悪くなります」

松重の叫ぶ声がした。後部席に茉莉の顔が見える。

「いま、行きます」

ふたたび走り出そうとしたとき、ビルのシャッターが開く音がした。振り向くと、暗闇の中から巨漢の男が現れた。迷彩服の上にあちこちに鋲《びょう》を打った革ジャンパーを着ていた。中東のゲリラか、さもなくば一昔前のアメリカの暴走族ヘルズ・エンジェルスのような格好だ。

なんなのこれ？　対戦物のロールゲーム？　洋子は身構えた。

とても勝てそうにない相手だが、とりあえず、キックボクシングのファイテングポーズを取る。

一気に間を詰めてくる男の手にはナイフが握られていた。

勘弁してほしい。私、戦闘要員じゃない。

背中でクラクションが鳴った。長く鳴る。松重のワゴンからだ。〈どけ〉という意味らしい。

洋子は右に飛んだ。積んであった家電の山に背中を強く打った。

ワゴン車が、巨漢の男に向かって躊躇《ちゅうちょ》なく突っ込んだ。男の顔がヘッドライトに照らされる。頬に縫い目が見えた。眼の色は昏《くら》い。

男はプールに飛び込むような恰好でジャンプした。激突音と共に男はボンネットの上に飛び乗っていた。片手で助手席側のサイドミラーを摑み、戦闘用ブーツでフロントガラスを蹴っている。松重の顔が蹴られているように見えた。ナイフは口に咥《くわ》えていた。

まるで訓練された傭兵《ようへい》だわ。洋子は慄《おのの》いた。

松重も必死の形相で、ステアリングを左右に切って、男を振り落とそうとしていたが、思うに任せないようだ。

何発目かの蹴りでワゴン車のフロントガラスが蜘蛛《くも》の巣状態になった。松重の顔が見えなくなる。

「松っさん」

洋子が叫び声をあげたとき。割れたフロントガラスから、ぬっと松重の手が出てきた。スマホを握っている。ボンネット上の男に向かって閃光が放たれる。拳銃の銃口炎《マズルフラッシュ》よりも迫力があった。松重は、そのままアクセルを踏んでいた。茉莉の金切り声が聞こえる。

ボンネットから巨体が跳ね上がる、ついには振り落とされた。

氷の地面に両膝を突いた巨体の男が、天を仰ぐポーズで雄叫《おたけ》びを上げていた。なにも見えないらしい。

アイスバーンを滑走したワゴン車は、男の遥《はる》か先でUターンをした。厳密にいえばそれはUターンというより自然に滑って百八十度回転したという感じだった。ボンネットから白煙を上げている。まるでバイオレンス映画だ。

洋子は、立ち上がり滑る路面を駆けた。身体中に打撲による激痛を感じたが、映画に出てくる熱血女刑事になったつもりで、走った。

ワゴン車の手前に男がいる。

目を瞑《つむ》り夜空を見上げる顔に、容赦なく雪が降り注いでいた。眉と口髭《くちひげ》が白くなっている。その傍らを走り抜けようとした。ふらつく腰が、膝立ちをしていた男の肩に触れた。

「うっ」

次の瞬間、男の両腕が腰に巻き付いてきた。尻をハグされた状態。ヒップをいくら振っても離れない。猛烈な力だ。

「松っさ〜ん。動けない」

「すみません。こっちもいま、シートベルトが外せないんです。茉莉ちゃん気絶しちゃっているし」

「えええええ」

男は、洋子の腰を支えに立ちあがってきた。立つと羆《ひぐま》のように大きかった。そのまま、抱え込まれた。相撲《すもう》のサバ折りのような状態だ。

「んんんんっ」

尾骶骨《びていこつ》が砕けそうになる。膝で金蹴りを放とうにも、太腿も密着され過ぎて動かせない。ちっ。

洋子は右手を伸ばした。指先で男の股間を探った。

見ると男は、まだ目は閉じたままだ。表情は読み取れない。とくになにか期待しているふうではなかった。もとより棹《さお》に触る気はない。迷彩服の股底に手のひら全体が入った。垂れさがる玉があった。

「うっ」

男が声を上げ、腰を引いた。瞑ったままの目尻を少し吊《つ》り上げた。初めて、この男の表情らしきものを見た。

「玉ハグ」

やおら男の玉袋を握りつぶしてやった。

「ぐわっ」

男がいきなり目を剝き、腰を泳がせる。洋子は握りを離さなかった。

「ええぃ」

手のひらの中で胡桃《くるみ》を割るように金玉を盛大に潰す。クシャ、と音がした。

結果がどうなるのかまで、考えが及んでいない。とにかく潰す。ぎゅっ。

「うえっ」

男が口から泡を吹いた。

ある種の射精か？……違うよね。

羆のような男は、背中から地面に落ちていった。

洋子は吹雪を手庇《てびさし》で防ぎながら、ワゴン車に戻った。

乗り込むと松重がぼそりと言った。

「あそこだけは鍛えようがないんだ」

「やっぱ、そうなんだ」

洋子は金玉を潰した右手を見つめた。

いまさらながら、ちょっと照れる。

「真木さん、どうやってあんな大きな男を倒したんですか」

茉莉もようやく目を覚ました。

「だから玉ハグ」

「はい？」

帰り道、洋子は茉莉に詳しく教えてやった。いざという時に役に立つ技だ。

第二章　スイートメモリーズ

1

二月七日。水曜日。

「裸になってもらうというのは、言い換えれば覚悟を決めてもらう、ということなんです」

深々とソファに身を沈めた野津和正《かずまさ》が、茉莉の方を一直線に見つめながらそう言った。

オーデコロンをつけているのだろう。野津の首や手の甲から、やたら甘い香りが匂う。

ススキノの中央部にある雑居ビルの五階。

芸能プロダクション「ノースエージェンシー」の応接室だ。茉莉は社長の野津と対面していた。二日遅れの訪問だった。

「裸になると、覚悟が決まるものなんでしょうか」

茉莉は聞いた。

「思い切りがすべての商売です。覚悟がなければ、何も出来ません。そもそも優柔不断な性格は、タレントに向きません。『脱げ』という命令は、そのテストにもなります」

野津は濃紺のスーツ姿に縁なし眼鏡《めがね》をかけていた。ホームページに拠《よ》れば四十歳。服装や口調はいかにも温和な若手実業家の雰囲気を醸し出しているが、眼鏡の奥で光る眼は、異様に鋭かった。

茉莉はかつてアシスタントカメラマンとして、いくつかの芸能プロを訪問したこともあるが、それらの事務所で見た経営者とは、雰囲気が違っていた。

一言で言えば、野津の全身からは、普通の実業家とは違う不気味な狂気が放出されていた。

野津は、ススキノを縄張りする半グレ集団『北極連合』の幹部だった男だ。

茉莉は、充分に注意しながら、野津を観察することにした。

性安課の刑事、松重豊幸からは、極道者は豹変《ひょうへん》するということだった。どれほど柔和な雰囲気を醸し出していても、何かのはずみで一転する。獰猛《どうもう》な恐喝者に変わるという。

いまのところは紳士だ。

「ちょっと失礼」

野津がそう言ってコーヒーテーブルに置いてあった電子タバコを取り上げた。

「ニコチンもタールも出ません。これ蒸気ですから」

一息吸って吐いた。

白い蒸気が上がる。加湿器のような煙だ。特に匂いはなかった。野津がつづけた。

「タレントという仕事は、たとえ服を着ていても、見ている人には全身を曝《さら》け出しているような仕事ですよ。少なくとも俺はそう思っています」

威圧感のある言い方だった。

「カメラマンとしてもそれは理解できます」

実際、自分がついてきた先輩カメラマンたちもタレントの撮影をするときは「見えていない部分を写し取る」ことに心血を注いだものだ。

野津は顔をほころばせる。しかし目は笑っていない。

「うちはメディアの中で脱げとは言いません。それは安売りというものです」

横を向いて蒸気を吐く。

「なるほど。あくまでも内部用として撮影するということですね」

緊張のせいか、少し喉が渇いて来た。

「そうです。まぁ、撮影というより、トレーニングのようなものです」

「トレーニング？」

茉莉は首を大げさに傾《かし》げてみせた。

「身体《からだ》を鍛えるためにジョギングやウエイトマシーンでトレーニングしますよね」

野津が唐突に言いだした。茉莉は曖昧に頷《うなず》いた。

「最初は五分で息があがってしまった人も、続けているうちに、十分、三十分とジョギングの時間を伸ばしていけるようになります。ウエイトも同じですね。トレーニングを続けていると、すこしずつ重いアレイを持ち上げられるようになる」

「はい……」

何を言おうとしている？

「タレントも、同じように精神面もアップしていかなければ、競争の中で勝てません。なんてったって、足の引っ張り合いの世界ですから」

「裸になることが精神面のトレーニングになるのですか」

冷静な口調で聞いた。

「明らかになりますよ。私は真っ裸になって、股を開いて見せたこともあるんだ、という自信は、大きなオーディションになるほど効果を発揮します。レンズに向かってアソコを開いて見せたことがある子ほど、緊張しなくなるはずですね」

野津は平然とアソコを開くという言葉を使った。同時に茉莉の反応を観察しているようである。

「アソコを開いた様子まで撮るんですか」

茉莉は窓の方に視線を移した。野津に表情を窺《うかが》われたくはなかった。

真昼間のススキノに粉雪が舞っていた。夜の帳《とばり》が降りる前の歓楽街とは、かくも締まりのない表情をしているものなのか。まるで化粧前のキャバ嬢のような顔だ。

「そうです。しかし普通の女の子たちは、なかなかその勇気がありません」

あたりまえだろう。

茉莉は眉間に皺《しわ》を浮かべた。

「だからなおさら女性カメラマンの方にお願いしたいんです」

「アソコまで、撮る理由がわかりません」

「ですから、覚悟を決めてもらうためです」

会話が最初の部分に戻った。

「うちはＡＶの仕事を扱っていません。ヌード撮影してもそれは外に出ることはありません。撮影後はすべて女の子たちに渡しているんです」

そう言えば能年里奈もレンズの前でさまざまな痴態を演じたが、そのデータは自分に渡すように言った。

「なるほど、彼女たちは証拠を残さず、その瞬間だけすべてを曝すトレーニングを積むわけですね」

茉莉はトレーニングという言葉を強調した。

「そういうことです」

野津は大げさに膝を叩《たた》いて見せた。

「私は、ヌード撮影の経験がありませんけど、それでもいいのですか」

「実際に撮影するのは、指原さんですが、ポーズの指示は僕が出します」

「えっ、社長も同席するのですか」

「当り前じゃないですか。男の眼がなくてどうするんですか」

野津が口角を上げた。

「確かに」

女同士で裸を見せるのに、格別〈覚悟〉の必要はない。

「指原さんに撮ってもらうのは、男と一対一ではないという安心感を持たせるためでもあります。ポーズに関しては、僕が横からキス顔をしてみろとか、次はM字開脚とか言わせてもらいます。ただし撮影が終われば、僕は先に退出します。指原さんは、そこで彼女たちにデータを渡してくれればいいのです。僕はカメラに一切触れません。データを保存するのも破棄するのも本人たちの自由です」

「要するに、その瞬間だけ、思い切り自分を曝せと……」

「そう言うことです」

腑《ふ》に落ちる気がした。

野津が再び電子タバコを咥《くわ》えながら、独り言のように呟《つぶや》いた。

「芸能プロの経営というのは、タレントとの信頼関係でしか成り立ちません。私の前で、どんな醜態や痴態を曝しても、その秘密は守られるという実績を作ることも大事な演出です」

今度は野津が窓外の風景に視線を向けた。案外ここが本音かもしれない。

つまり「俺にすべてを預けても、なんら不安になる要素はない」という意識を植え付けているわけだ。

『詐欺師や洗脳師がよく使う手よ』と真木洋子から聞かされていたがなるほどと思う。

「わかりました。野津さんがタレントさんたちにポーズとかの指示をしてくれるなら、私はシャッターを切るだけですから、お引き受けできそうです」

「ありがたい。これからは、タレントだけではなくスタッフの充実にも力を入れるつもりです。あなたのような女性カメラマンが加入してくれると助かります」

「こちらこそ、よろしくお願いします」

茉莉は会釈した。

「ただ、秘密だけは守ってもらいます。撮影したことや、被写体になったタレントのことは、絶対口にしないでください」

「充分、理解しているつもりです」

茉莉は、きっぱりと答えた。芸能人や政治家、それにスポーツ選手など有名人の専属となるカメラマンには、腕の確かさもあるが口が堅いというのも重要な要素だということを十分聞かされていた。アシスタント時代の師匠の教えだった。

「もし、指原さんが背任行為をした場合、僕は容赦しません。それだけは伝えておきます。というより指原さんは、すでにうちのタレントの裸を撮ってしまっている……」

声のトーンが一段低くなった。これがこの男の地声なのかもしれない。

「データは所持していません。その場で彼女に渡しています」

「撮影したことも、他言していませんよね」

野津が射るような視線を放ってくる。茉莉は息が詰まりそうになった。

「もちろん誰にも言っていませんが」

どれだけ表情が隠せたかわからない。

ひょっとしたら目が泳いでしまったかもしれない。刑事になるためにはポーカーフェイスを身につけなければならないと、松重豊幸から訓示を受けていたが、どこまで出来たかは自信がなかった。

「これからも、誰にも言わないでください。報酬は、優遇します」

野津が信用したのか、あるいは泳がせようとしているのか、その目からはうかがい知れなかった。経験を積むしかない。

「最初の撮影は、いつになるでしょうか」

聞くと野津は立ち上がって、窓辺に進んだ。手を後ろに組んで外を眺めている。

灰色や茶色ばかりの雑居ビルの隙間から、昼間から派手なネオンを輝かせているラブホテルがやけに目についた。『ススキノ絶倫ホテル』。

「カメラはお持ちですか」

野津は背中を向けたままだ。

「いま持っているのはスナップ用のデジカメだけです」

「それで充分です。いまから、お願いできますか」

振りかえった野津が、出し抜けにそう切り出してきた。

2

「今日、撮っていただきたいのは、まったくの新人です」

歩きながらそう説明された。向かった先はなんとススキノ絶倫ホテルだった。

「ここで撮るんですか」

茉莉は足を止めた。野津とふたりきりだ。中にタレントがいるとは限らない。手籠めに掛けられるリスクは充分にあった。

「信用してくださいよ。タレントはもちろん、スタッフにも手を出したことはありませんよ」

「本当に中にタレントさんがいるのですね」

「もちろんさ」

いきなりぞんざいな口の利き方になった野津に背中を押された。

「あんたも、うちのカメラマンになったんだ。覚悟を決めてくれ」

聞きようによっては、セックスぐらいいいじゃないかとも取れる一言だった。茉莉は腹を括《くく》って歩を進めた。

警察庁性安課の刑事になるためには、覚悟が必要だった。

——これは業務挿入だ。

野津は鍵も受け取らずエレベーターに乗りこんだ。

「部屋は常時確保してある」

野津が低い声で言った、茉莉は軽い震えを覚えた。やっぱ、やるんだ。背中に冷たい汗が浮かぶ。

三階の一番奥の部屋の扉を開けた。鍵はかかっていなかった。

「プロのカメラマンの方を連れてきたぞ。美鈴《みすず》、準備は出来ているか」

野津が室内に向かってそう叫んでいる。中から若い女の声が返って来た。

「すみません。まだ服を着ています。今やっと気持ちに踏ん切りがついたので、これから脱ぎます」

　本当にいたんだ。茉莉はその場にがっくりと膝を突きたくなった。

「こちらは指原さん。今日美鈴のことを撮ってくれる。もちろん、データはそのまま渡す約束もしてくれている」

　ベッドの前でいきなり紹介された。被写体となるタレントは、セーターを頭から引き抜くところだった。顔はまだ見えないが、シャンパンピンクのブラジャーがメロンのようなバストを包んでいる。下はまだ赤と黒のタータンチェックのマイクロミニを付けたままだったが、身体を動かすたびに裾がせり上がって、パンティが見え隠れしていた。ブラと同じピンクのハイレグだった。

　顔が見えた。まだあどけない顔だ。

「あっ、お世話になります。私、広瀬《ひろせ》美鈴といいます」

　ショートカットの髪を撫《な》でながら、お辞儀をしてきた。

「二十歳になったばかりだ。うちの事務所には十八から所属しているが、二十歳になったので覚悟を決めてもらうことにした」

「二十歳という基準があるんですね」

茉莉は、ショルダーバッグからカメラを取り出しながら野津に尋ねた。

「そうだ。大人としての判断が必要だから、二十歳まえの子には覚悟は求めない」

たぶん、法の網を抜ける術《すべ》なのだろう。真木課長に報告すべき重要な会話のような気がする。

茉莉も美鈴に挨拶をした。

「指原です。あなたよりは歳上《としうえ》ですが、カメラマンとしては、私も新人です。お互い頑張りましょう。もちろん、終わったらデータメディアはお渡しします。内蔵データも一緒に消去しましょう」

「はいっ」

美鈴は目を輝かせていた。

「挨拶がすんだら、美鈴、そのスカートもさっさと脱いでくれ」

「あっ、はい」

美鈴は言われるままに、スカートの脇ホックを外した。ヒップを揺するとすぐに下に落ちた。

「指原さん、ぼーっとしていないで、もうここから撮ってくれないと。せっかく美鈴がセクシーに尻を振っているのにもったいないじゃないか」

野津に叱咤《しった》された。

「そ、そうですね」

茉莉はカメラを構えた。ニコンが修理中なので今日はキヤノンのデジを持参して来ている。

これまでもポートレートは何枚も撮影してきたが、すべて被写体《モデル》のセットアップが完了してからだった。こんなアドリブ的な撮影は初体験だ。この経験は役に立ちそうだ。

野津がベッドの見渡せる位置にあるソファに腰を下ろす。まずはお手並み拝見という雰囲気だ。

ブラジャーとパンティだけになった広瀬美鈴が、ベッドの上で人魚のようなポーズを取った。

まずはフレームに全体を収める。白いシーツの上にピンクの下着姿が映えた。美鈴は色白だった。

「顔のアップ撮ります」

茉莉は言いながら、美鈴に接近した。フラッシュの光を放ちながらシャッターを何発も切った。シャッター音がするたびに美鈴は表情を変える。笑顔、憂い顔、レンズに語りかけるような顔、怒ったような顔。口に手を当てて眠そうな顔。再び笑顔といった具合だ。

無名とはいえ、目の前にいるのは紛れもなくプロのタレントだった。

茉莉の創作意欲にも火がついた。

「次、バストショットよ」

乳房のアップを撮るわけではない。胸部より上、つまり上半身を撮影することを総じてバストショットと呼ぶ。

「はあーい」

美鈴が甘い声をあげて、上半身をくねくねと揺すり始めた。いかにもレンズに媚《こ》びたようなポーズで、茉莉は軽い嫌悪を覚えたが、それはおくびにも出さずシャッターを切り続けた。

美鈴の額に少し汗が滲《にじ》みだす。露出されている肌も白から桃色に染まりだしている。

「ウォーミングアップはその辺でいいだろう」

背後から野津の声が飛んできた。前に進み出てくる。茉莉はカメラを下ろした。美鈴が持参のフェイスタオルで額の汗を拭う。野津が指示を出した。

「ブラジャーの中に手を入れて、おっぱいを揉《も》んだり、乳首を摘《つ》まんだりしてみろ」

　実に淡々とそう言った。〈明日九時に集合〉というのと同じような調子だった。

「えっ、社長……ただ脱ぐだけじゃないんですか」

　美鈴の眼には明らかに動揺の色が浮かぶ。

「ヌードモデルじゃないんだ。当然だろう。俺がいつも言っていることを忘れたのか。タレントは、毎日オナニー」

「はい、でも、社長の見ている前で、ですか」

　何を言っているのかさっぱりわからない。その気配に気づいたのか、野津が茉莉の方を振り向いて教えてくれた。

「女性タレントには、ことあるごとにオナニーをするように命じているんだ」

　いきなりオナニーという単語を聞かされて、茉莉は卒倒しそうになった。

　日常会話でオナニーという言葉はめったに出ない。呆然《ぼうぜん》と野津を見つめた。耳を疑った。聞き間違いか？

「女性タレントにとって、オナニーぐらい便利な魔法はないっしょ」

「そ、そうなんですか」

照れくさすぎて、思うように言葉が出ない。

「タレントは人気稼業だからね。うちみたいなローカルプロでも、恋愛禁止ということにしている。ちょっとした噂《うわさ》でも、ファンは離れるし、何よりも夢中になる男が出来ると、仕事がどうでもよくなるんだ」

野津が冷蔵庫から缶ビールを取り出してプルを引いた。

「芸能プロの経営者はみんな言っているんだ。恋愛と覚醒剤は同じだってね。土地も嵌《はま》ると仕事を投げ出してしまうってね。身体も心も、みんなそっちに持っていかれてしまうからな」

つまり、自分たちのマネジメントが効かなくなると言いたいのだ。茉莉は沈黙した。野津が続ける。

「だけど指原さんさぁ。恋愛は禁止しても、二十歳前後の女に性欲まで止めろとはいえねぇだろう。そんなことしたら、こいつら気が狂うよ。なぁ指原さん、あんただって、そうだろうよ」

野津にじっと目を覗《のぞ》き込まれた。困る。

「あ、はい………では恋愛じゃないエッチはありということですか」

自分については答えず、はぐらかした。

「そこが難しいところだ。だか、とりあえずオナニーをしなさいってことになるのよ。うちは何かにつけて、女性タレントには、すぐオナニーをするように言い聞かせてある」

「何かにつけて、ですか……」

こう何度もオナニーを連発されては、身体のあちこちが火照りだしてくる。

「そう、何かにつけてオナニー。迷ったときはオナニー。イラついたときもオナニー。オーディションに落ちてがっくりきたときもオナニー。嬉《うれ》しくてうれしくて舞い上がってしまいそうなときも、まずオナニーしてから考える。まぁ、煙草《たばこ》を一服するようなものだな」

野津は缶ビールを呷《あお》った。

そういうものだろうか？　後で試してみるか……いやいや、何を触発されているんだ私。

「美鈴、とにかく、おっぱい触れ。ブラジャーを取って見せろとは言わないから、手を入れて触れ。膝立ちしたまま、やれよ」

野津は命じた。表情が豹変していた。

「あっ、はい」

美鈴はベッドの中央に膝立ちをすると、右のカップに手を挿し入れた。瞳を閉じる。

「ばかっ、目を閉じるんじゃない。おまえタレントだろう」

「あっ、いえ、なんか恥ずかしくて」

「それを克服するための撮影だろう。覚悟を決めろ」

野津が一際、ドスのきいた声でいった。茉莉の肩を叩く。

「あんたは、美鈴の顔のアップを撮ってくれ」

「わかりました」

茉莉はキヤノンを構え直した。美鈴の顔だけをフレームに入れる。先ほどよりも頬に赤味が差していた。肩が揺れている。胸を揉んでいるらしい。

「はうっ」

フレームの中の美鈴が唇をきつく結んだ。顔全体が蕩《とろ》けだしてきたようだ。

傍らの野津が怒鳴った。

「美鈴、乳房だけじゃだめだ。乳首だよ。乳首をもっと摘まむとか押すとか、いろいろやってみろよ」

「は、はい……うっ」

美鈴の顔が喜悦に歪《ゆが》んだ。茉莉は必死にシャッターを切った。野津がまた叫ぶ。

「乳首、硬くなったかっ」

「………」

美鈴は首を縦に振っている。

「ばか、ちゃんとレンズに向かって言えよ」

「コリコリになっています。ふはっ、あふっ」

「おまえの乳首は、大きい方だと思うか、それとも小さいほうか？」

野津が聞いた。いずれにせよ、美鈴のバストそのものは大きい。

「自分では、わかりません。あん、はふぅう」

美鈴の口が半開きになった。上唇と下唇の間に涎《よだれ》が数本引いている。とてつもなくいやらしい表情だ。茉莉が見ているのは、美鈴の顔の表情だけだが、おそらくブラジャーの中に入っている手は、いませわしくなく動いているのだろう。

茉莉は息苦しくなってきた。

「指原さん、そのまま顔のアップね。もっといやらしい顔になるまで、アップを撮り続けて」

「はい、わかりました」

茉莉は頷き、より、美鈴の顔に寄った。発情の息遣いが聞こえてくる。

「あんっ、ふひゃっ、乳首、気持ちいい。ぁあんっ」

ブラカップと手首が擦れる音まで聞こえてきた。美鈴の顔は、もうくしゃくしゃになっていた。

「あぁあああっ」

突然、美鈴がフレームから消えた。膝が砕けて後ろに倒れていた。液晶画面ではなく、直接ベッドの上の美鈴を見ると、美鈴は両手をブラジャーの中に突っこんだまま、そっくり返っていた。膝を立てたままだった。ブリッジをしているような体勢で、のけ反っている。

茉莉はその痴態の全貌を収めた。股間にピンク色のパンティの股布がピッタリ張りついていた。中心がぐっしょり濡《ぬ》れている。透けて見える筋がヒクヒクと動いていた。

「あぁあん、乳首が気持ちいい」

美鈴は、腰を突きあげたまま、ひたすら乳首を弄《いじ》っている。女が自分で乳首を弄りながらのたうち回る様子というのが、これほど淫らな光景だとは思わなかった。

シャッターを押しながら、茉莉は強い衝撃を受けた。

「いや～ん。もう乳首が破裂しちゃいそう。いくっ」

美鈴が尻を激しく揺すった。

「美鈴、おっぱい出しちゃえ。コリコリに硬直した乳首を、見せてくれないか」

野津がビールを飲みながら、言っている。

「あうぅう」

美鈴がブラジャーのフロントホックを外した。押さえつけられていたふたつの大きなメロンが弾むように飛び出してきた。美鈴は小柄なので、よけいに巨乳が強張されて見える。顔とバストが同じくらいの大きさだ。

左右の先端を美鈴は摘まんだままだった。

「ぁあ、すごくハズイです」

美鈴が顔を横に向ける。目が真っ赤だ。

茉莉はすかさず、まろび出た双乳にレンズを向けた。

――本当に大きい。まるでバレーボールだ。

野津も唸《うな》っている。

「ちょっと乳首も見せろ。どれくらい興奮しているのか、乳首を見ればわかる」

語尾が裏返っていた。

「は、はいっ。こんなになっちゃっています」

美鈴が、指を外す。

――わっ、マジこの子、ポッチも大きい。

美鈴の乳首は巨峰のように腫れあがっていた。

大きいとか、尖《とが》っているとかいうより、腫れているという表現がピッタリなのだ。乳暈《にゅううん》の方は縮んで粟《あわ》のような粒をいくつも浮かべている。

美しいというより猥褻《わいせつ》だ。

カメラを構えたまま、茉莉はしばらくシャッターを切るのを忘れて、舌先で自分の唇を舐《な》めた。

唇が乾き切っていた。はじめて自分が興奮していることに気が付いた。胸が卑猥に高鳴った。

しばらく美鈴の乳首に見惚《みと》れていた。

3

「指原さん。今日のところは、乳首を撮らなくていい。とにかくこいつの顔だけを取って欲しい」

　野津が意外な言葉を吐いた。カメラマンの本能としてこの爛熟《らんじゅく》した乳首を撮らない手はないと思うのだが、野津に撮るなと命じられてはいたしかたない。茉莉は従うことにした。

「では、そうなるとこの位置からでは撮りづらいので……」

　茉莉は靴を脱いで、ベッドの上に上がった。ブルージーンズを穿《は》いていた。美鈴の左右の腰骨を踝《くるぶし》で挟む形で立つ。

　美鈴が天井を向いて、乳首を摘まんでいるのだから顔のアップを撮るにはこのほうが都合いい。

　真上から睥睨《へいげい》するように広瀬美鈴の顔を捉えた。

　首から上の部分だけをフレームの中に入れる。

「あぁあん。指原さん、私の顔、いまエッチですか？」

　せつない表情で美鈴はレンズを見上げてくる。

「凄《すご》くいやらしい顔よ。女の私が見てもドキドキしてきちゃう」

　カメラマンは被写体に対して、常に世辞を使うが、いまは本音だった。

「ほんとですか……指原さん、私の顔を見て濡れますか」

真下にいる美鈴がそんなことを聞いてくる。

「いや、それは答えられないわよ。私はカメラマンだから……その質問はパス」

わざと投げやりに言ってシャッターを切った。無機質なシャッター音が部屋中に反響した。

美鈴は、シャッターを切るたびに、乳首への刺激を加えているのか、表情はどんどん乱れていった。

野津はベッドサイドから声を上げている。

「いいぞ、美鈴、どんどんスケベな顔になってきた。オーディションでもステージでもその顔を思い出せ。とくにファンにカメラを向けられているときは、いまのような顔をするんだ。服を着ていても、ファンは興奮する」

「あっ、はいっ。エッチな顔を作って見せます。あんっ、いいっ。私、乳首を弄るのって大好きっ」

フレームの中には顔しかない。目の縁を赤く染め、アヒルのように開いた唇から悩ましい息を吐き続ける美鈴の顔だけだ。だが、その顔は、さっきまで見せていたただあどけないだけの素人《しろうと》くさい表情とはまるで違っていた。

売れているタレントの表情……輝いている顔なのだ。

ひょっとしたら、この撮影方法って、ありなのかもしれない。

茉莉は夢中でシャッターを切った。気が付くと美鈴の胸元にしゃがみ込んで、顔を接写していた。

股間にときおり美鈴の手の甲が当たった。

「あっ」

敏感な部分に触れられ、手元が狂う。

転びそうになったが、野津がヒップの真ん中に手を置き支えてくれた。その感触に快感を得た。野津の手はすぐに離れる。

「美鈴、パンツも脱いじゃえよ」

――うそっ。私の真下でそこまで見せちゃう？

「はい、もう脱ぎたくて、脱ぎたくてしょうがなかったです」

美鈴の瞳から恥じらいが消え、欲情の光がのぞいている。

「アソコ丸出しにして、手まんちょしろよ」

気絶したくなる言葉が飛び出してくる。手まんちょ……札幌弁だろうか、標準語でもそういうのだろうか。自分は聞いたことがない。

「手まんちょも……していいんですか……」

美鈴がシャンパンピンクのパンティの両脇に手を掛け、するすると引き下ろした。

「指原さん、ちょっと下がってください」

茉莉がカメラから顔を外し、後方に下がると、美鈴は仰向《あおむ》けのまま腰を丸め、膝頭を乳首に押し付けるような格好で、パンティを引き抜いた。

茉莉の眼下に、美鈴の漆黒の茂みと薄茶色の肉襞《にくひだ》が広がる。襞は閉じられているが縦筋のわずかな隙間から、透明な粘液が漏れていた。

「おぉっ、ひとりまんぐり返し」

野津が生唾を飲む音がした。

「いやんっ、丸見えになっちゃった」

足首からパンティを抜いた美鈴は、あわてて股間に両手を合わせた。陰毛だけは見せている。

「さぁ、お客さんに、奥の奥まで見せるつもりで、開いちゃいなよ」

野津がわざわざベッドサイドにしゃがんだ。視線をピタリと美鈴の両手に這《は》わせている。

「あぁあんっ。社長は、見ちゃうんですか」

「俺が見たってかまわないだろう。自分のところのタレントのアソコがびしょ濡れだったとか、マメが大きいとか、穴は小さいとか、いちいち言うかよ」

男の関心がどこにあるかわかる言い方だった。

「指原さんも、まんちょを写したりしないですよね」

股間に手を這わせたままの美鈴が一直線に見つめてくる。茉莉は振り向いて野津の判断を仰いだ。

「今日撮影してもらうのは顔だけだ。乳首もまんちょも撮らなくていい」

「わかりました、そこは撮りません。後でカメラごとチェックしていいわ」

茉莉は美鈴に宣言した。

「……なら、ここ開いちゃいます」

ぬちゃっ、という音がして、陰唇が左右に寛《くつろ》げられた。いきなりピンク色の肉庭が視界に広がった。白い粘液があちこちに付着して、なんともぐちゃぐちゃした印象だ。

女性同士、着替え室とか温泉で裸を見せあうことはあるけれど、股間を開いた状態で覗くことはない。普通ない。少なくとも自分はない。美鈴の小陰唇は自分より小さいのではないかと思われた。小柄だから当然だ。ぬるぬるした海洋生物のように見えた。

「指原さん、あんた、なに美鈴のまんちょに見惚れているんだ。早く顔を撮ってよ」

また野津に叱責された。

「失礼しました。はいっ」

茉莉はカメラを構え、再び美鈴のバストの上にしゃがみ込んだ。フレームの中に入った美鈴の顔は淫乱そのものに見える。野津が叫ぶ。生唾がブルージーンズに包まれた茉莉のヒップにまで飛んできそうだ。

「美鈴、手まんちょしろ。おまえ、どうやってやるんだ。開いたままやって見せろよ。それでおまえの手癖がわかる」

「えぇ、社長、私のオナニーの手癖なんか知ってどうするんですか。そんなのタレント活動に関係あるんですか」

——そりゃ、私も聞きたいわ。

茉莉はシャッターを押しながら、聞き耳を立てた。茉莉には美鈴がどんなオナニーをしているのかわからない。

「その人間の性格がわかるんだ」

「はふぅ……性格ですか」

美鈴が顔を左右に振りながら言っている。濡れた粘膜に指が擦れる音が、ぐちゅっ、ぐちゅっと聞こえてきた。私はあんな音は立てたことがない。

「おまえは目立ちがり屋で、欲深いなぁ……」

美鈴の股間を真正面から覗き込んでいる野津が低い声で言った。占い師が託宣《たくせん》するような言い方だった。

「ひゃふ、んはっ、それどういう根拠ですか」

「右手で花びらを大きく拡《ひろ》げて、左手でクリトリスの周りをなぞっている」

そういうふうに擦っているのね。

「俺が、見ているのがわかっていて、花を開いているというのは、基本的には見せたがり屋ということ……」

確かにそうだわ。私はわざわざ開いたりしない。

「あぁあん」

言われて美鈴は反応した。顔がさらにくしゃくしゃになった。

「それにクリトリスの弄り方。一気にマメを刺激しようとせずに、周りからゆるゆる攻めている。出来るだけ長い時間楽しみたいという気持ちが表れている。つまり欲深いってことだ」

「だってぇ、オマメをいきなり触ったりしたら、すぐにいっちゃうもの。ぁあぁあ」

美鈴はレンズに向かってそう言ってくる。女の茉莉に同意を求めてくるような言い方だ。この場合、自分は消す。カメラという機材と一体化して、人としての意識は消すほうがいい。無言でシャッターを切り続けた。

「美鈴。クリの皮を剝《む》いて見せろ」

「えぇえぇえ」

野津の命令に、美鈴の目が見開かれた。戸惑いと恍惚《こうこつ》の入り混じった色が浮かんでいる。

「クリトリスの大きさと色を見たい」

「そこまで、確認するんですか」

「それで、おまえの性格がもっとわかる」

そうなの？　茉莉はあとで、自分のアソコを覗いてみようかと思った。いまはとにかくシャッターを切ることだ。専念、専念。

「はふぅ、いやっ。剝くだけでいっちゃいそう」

ぬるぬる、くちゃっと音がして、美鈴は喘《あえ》ぎ声を上げた。

「はうぅ、あぁあああ」

「真性ピンクっ。それにクリデカっ。おまえ小柄なのに、乳マメもクリマメも全部大きいなぁ」

　野津の鼻息が荒くなっている。茉莉も美鈴の股間を覗きたくてしょうがないが、ここは忍の一字だ。股間が火照ってしょうがない。濡らしながら撮影するなんて、私、最低。

「社長、剝かせておいて、なんてこと言うんですかっ」

　美鈴が頰を膨らませている。怒ったポーズにも見えるが、本当に恥ずかしそうでもある。この表情はまじいい。本当にいい写真が撮れている。

「美鈴、クリの皮を上げ下げしろ」

　野津の指示は、より具体的になっていく。

「そんなの初めてです」

「いいからやって見ろ。仮性包茎の男を扱《しご》く感じだ」

　美鈴がこっくり頷いて、むず痒《がゆ》いような顔をした。皮を上下させているようだ。

「あふっ、いやっ、じわじわ感じる」

「おぉおお、孔《あな》から、いっぱい出てきたぞ」

もう、撮影していて頭がおかしくなりそうだ。シャッターを押すたびに、股間がじわじわと温まってくる。ジーンズの下のパンティがぐちょぐちょみたい。

「あっ、んんはっ、いいっ」

美鈴が自分の世界に入り込み始めた。顔の表情はさらに艶っぽくなっていく。確かにこの顔を見たら男は欲情するだろう。

ここまで付き合っている限り、野津のマネジメント、プロデュースは間違っていない。この男は彼女の身体に指一本触れず、ビジネスとしてより都合のよい表情へと導いているだけなのだ。

「あぁああ、社長っ、指を挿入していいですか」

美鈴が唇を震わせた。発情の極みに達したような目をしている。

「いちいち断らなくていい」

それもそうだ。オナニーなんだから……。かえすがえすも野津の指示に感心した。

「んんわっ」

美鈴が後頭部をさらにのけ反らせ、首に大きな筋を浮かべた。目は窪《くぼ》むほどに瞑《つむ》られている。

「おまえ、一度に三本入れちゃうんだ。さんざん焦《じ》らして、いざとなったらぶすっとぶち込むとは、たいしたもんだぜ」

「えっ、美鈴ちゃん、三本入れてしまっているんですか」

思わず聞いた。見たい。

「カメラマンさん、美鈴はいまが一番いい表情をしているんだ。撮って、バンバン撮ってくれ」

「は、はいっ」

「あぁあああん、シャッターの音が快感。オナっている顔を撮られていると思うと、百倍興奮するっ、んわっ、ひゃっふ、うわんっ、あっ、いきそう」

美鈴が激しく顔を左右に振った。茉莉の足元から、むんむんとした発情臭と熱気が舞い上がって来る。

それから何十回、シャッターを切っただろうか。液晶画面の中で美鈴は様々な表情を見せた。百色の艶顔だった。どんな指の使い方をしたら、あんな顔になれるのだろうというほど凄艶《せいえん》な表情だった。

「あぁああああああああ、いくぅう」

ついに昇天する声が上がった。美鈴の顔は瞬間的に般若《はんにゃ》となりすぐに菩薩《ぼさつ》に変わった。

「OK。そこまでだ」

背中で野津の声が上がった。茉莉はカメラを下ろした。肩と腕の緊張が解ける。

肉眼による視界が広がると美鈴の股間が目に飛び込んで来た。陰唇が開いたままだった。ピンク色の内部のあちこちに白くドロリとした粘液が付着している。茉莉はくらくらとなった。

「美鈴、おまえは売れる。性格もタレント向きだ」

野津がベッドヘッドの方へと回って来る。スーツパンツの股間が膨らんでいた。

「ほんとですか」

美鈴の目は蕩けたままだった。

「いまのエロ顔を自由自在に出せるように心がけろ」

「はい……」

「写真チェックはふたりでやってくれ……」

野津はそのまま扉へと向かった。ノブに手を掛けながら振り返った。

「あくまでも、チェックしたうえで美鈴がOKならば三カットほど貰《もら》えないか。宣材に使えば、引きが増えるかもしれない」

「わかりました。私がいいと思うものでいいのですね」

「もちろんだよ」

　野津が扉の外へと出て行った。

4

「指原さん、データ見てもいいですか」

　シャワー室から戻ってきた広瀬美鈴はバスタオルを巻いたままベッドサイドに腰を下ろした。

「どうぞ。その液晶で画像を確認して。メディアはそのまま渡す約束だからどうぞ」

　茉莉はカメラごと差し出した。

「なんだか、まだエッチな気分」

　美鈴が茉莉の顔をじっと覗き込んでくる。

「指原さん、女子同士はやる？」

「はい？」

　さっぱり意味がわからない。

「まんちょ合わせとか、そういうのやったことないですか？」

「な、ないわよ」

「乳首舐めごっこは？」

「まったくその気はありません」

「な～んだ。私、空振りしちゃった」

美鈴は画像チェックをしながら、タオルの隙間から手を入れて乳房を揉み始めた。

「私ね、撮影されながら、指原さんにやられている気分になっていたの」

「うそっ」

「ほんと。私、どっちもOKだから。というか、この業界、そういう子、多いから
……」

「そうなんだ」

あまり続けたくない会話だった。

「ほらぁ、このエッチな顔。指原さんに、おっぱい舐められながら、指まんちょされている気分で弄っていたから、超セクシーな顔になっているでしょ」

美鈴にその画像を見せられた。上唇を舐めながら、トロンとした目でレンズを見つめている。

「このカット、社長に渡してくれますか」

「わかった。じゃぁ、それはキープね。この世から消したいカットはどんどん消去していいよ」

「はい」

美鈴が液晶画面に一枚ずつ絵を流しながら、次々に削除をタップしていた。

「でも、こうして見ていると、エッチな気分が戻って来るわね。私、いま男がはいってきたら、誰とでもやっちゃいそう」

また美鈴がこちらに視線を向けてきた。じっと股間をみている。茉莉はうっかりブルージーンズの股を開いていた。

「ごめん、私、まったくだめだから」

速攻拒否して、股を閉じる。

「男専門ですか？」

「普通そうでしょう」

「彼氏とは、週何回やるんですか？」

美鈴がどんどん突っ込んでくる。

「彼氏はいないよ」

「じゃぁ、エッチは？」

「していません」

「どのくらいしていないんですか」

「えっ、そんなの、かなりの間よ」

生まれてこの方とは言えなかった。話がややこしくなるだけだ。

「狂いませんか？」

美鈴はバスタオルの中からボロリと乳房を引き出した。しかし何度も見ても乳首が大きい子だ。

「私は平気なの」

「手まんとかは？」

「その話、終わりにしてくれない」

茉莉は毅然《きぜん》と言い放った。頭がおかしくなりそうだった。

「でも指原さんは恋愛が出来るんだからいいですよね。そこは正直羨ましい」

美鈴の腕が股間に伸びている。アソコをまた触る気だ。

「相手がいればね」

正直、早く写真チェックをしてカメラを返して欲しい。妙な色気と猥褻な空気に支配された部屋にいると、自分まで淫乱な気持ちになるような気がした。

「うちの社長、婚活会社も経営していますよ。そこでカレシを見つけるってどうですか？」

会話が思わぬ方向へと飛んだ。

「婚活会社？」

「そうです。芸能事務所とは別にやっているんです。ビジネスとして相乗効果があるって」

「相乗効果？」

芸能プロと婚活会社では、まったく違う事業のような気がするが……これは真木課長に報告せねばなるまい。

「芸能プロのオーディションに応募してくるのは、十代がほとんどだけど、婚活会社には、二十代後半ぐらいから六十代まで様々な人が登録してくるから、そこでスカウトすることも出来るって……」

「なるほど……」

芸能事務所が配給するタレントはなにも若いアイドル系やモデル系ばかりとは限らない。キャリアウーマン風や熟年モデルも需要はある。

事実通販カタログや新聞の折り込みチラシには、そうしたモデルたちが多く起用されていることをカメラマンである茉莉は知っていた。

「年齢が上で、あまり露出していない芸能部門の子が、囮《おとり》になることもあるんです。イケメンや美女が登録して合同パーティに参加すると、普通の登録者が倍増するって……」

そこまで言って、美鈴が顔を顰《しか》めた。うっかり内情を話してしまったことを後悔しているような顔だ。

「私、他言しないから……でも行ってみるかもしれない。それは内緒ね」

そういうと美鈴は安心したような顔になった。

「いい人が見つかるといいですね」

一時間ほどして美鈴はすべての画像をチェックし終え、カメラを返してくれた。

茉莉は部屋を出た。エレベーターでエントランスに降りると、驚いたことに野津が待っていた。狭いロビーだ。

「ありがとう。これは撮影料。今回はいきなりだったので現金で払います」

封筒を渡された。

「五万円です」

「ありがとうございます。美鈴さん、三カット選びました。これです。残りのカットはすべて本人が消去しました」

茉莉は写真を見せた。美鈴は最も煽情《せんじょう》的な三カットを選んでいた。

「いや、凄いな、これ」

「メディア、お渡しします」

メモリーカードを取り出し、野津に差し出した。

「サンキュー。宣材に使うよ。うちの撮影の仕方、理解してもらえたかな」

「こういうやり方もあるのですね」

「次の撮影日が決まったら連絡するよ」

「わかりました」

茉莉は礼を言い、辞去した。野津はラブホのロビーから動かなかった。美鈴が降りて来るのを待つのかと思い、通りに出てからしばらく進み、振り返ってラブホの入り口を見張った。

ふたりが出てくるまで、見張るつもりだった。

五分後、ラブホの前にタクシーが止まった。中年男がひとり降りて来る。野津が出迎えていた。恰幅《かっぷく》のいい男だ。

茉莉は慌てて電信柱の陰に身を引いた。ふたりの会話は聞こえない。中年の男がホテル内に入り、すぐに野津だけが出てきた。

茉莉は、すぐ脇にあったラーメン店へと飛び込んだ。店の前を野津が通り過ぎていく。

第三章　真冬の回し蹴り

1

二月九日。金曜日。

「この中国人の女性とかは、いかがでしょうか。上海《シャンハイ》の富裕層の方で、日本人男性と結婚したいという方です」

目の前の巨乳の女が、デスクトップ型のパソコンの液晶画面だけをくるりと松重の方に向けて、ひとりの女性の写真を見せた。

ここは札幌駅近くにあるビルの七階。婚活サポート会社「パーフェクトマッチング」。

一昨日、茉莉がノースエージェンシーのタレントから得た情報を受けて、松重はすぐに、この会社に入会申し込みをした。

面接ということでやって来たのだが、すぐに相手を紹介された。

モスグリーンのツーピースに身を包んだ女が微笑《ほほえ》んでいる。ふくよかで品のある表情だ。歳《とし》は三十九歳。アラフォーの中国人だ。

「いかがですか」

「日本国籍取得を目的に婚活している相手ではないよねぇ」

松重は、画面ではなく担当の女性を凝視した。

黒のパンツスーツ。

張り出した胸の下に「北沢景子《きたざわけいこ》」と書いたネームプレートを付けていた。

端正な顔立ちだが、目は鋭く、意志の強そうな印象の女だ。

「いえいえ、この女性は日本国籍を取得しています。というか厳密にいえば母親は日本人で、横浜《よこはま》生まれです。高校卒業後に上海に留学し、そのまま現地に残り事業に成功したそうです。貿易商です。現在は札幌に住んでいます」

「へぇ〜。そんな人が、婚活なんかする必要があるのかね」

「裕福だから独身でいいということでもありません。彼女は三十九歳まで仕事に明け暮れしてきたので、そろそろ日本で落ち着きたいのだと」

「俺はもう五十一だが、年齢的に釣り合うのかね」

松重は実年齢を告げていた。五十一歳。昨年東京の出版社をリストラされ、札幌にやって来た設定になっている。

小栗が即席で作り上げた「覆面人物像《カバープロフィール》」をゆうべ一晩で丸暗記していた。

現在の勤務先は札幌の零細出版社「雪山書院」。

もちろん警察庁の持つ隠れ蓑《みの》会社のひとつだ。

警察庁と内閣情報調査室は共同でこうした民間を装った会社を全国に五十社ほど展開させており、主に諜報《ちょうほう》活動のために利用している。

日ごろは二名程度が常駐しているが、刊行物は下請け業者が作っている。実際に書店に並ぶことはないものばかりだ。

主に世界各地の雪山の風景写真集を刊行している出版社の体を装っている。

この出版社が警察庁のカバーであることは北海道警には内密にしていた。

北海道警そのものを監視することも目的のひとつだからだ。

北一条西四丁目のビルの四階にオフィスを構えている。

松重自身の住居も必要なため、昨日ビジネスホテルを引き払い、ワンルームマンションに移動した。

学生街のマンションだった。

もう少し中年サラリーマンが住むにふさわしい場所を見つけられなかったかと、小栗を呪う。

壁が薄すぎて、右隣の男子学生の部屋からは、連れ込んだ女とやっている喘《あえ》ぎ声が、左隣の女子大生の部屋からは、バイブレーターの振動音と呻《うめ》き声が同時に聞こえてくる部屋だったのだ

おかげで寝不足だった。

「彼女の希望は、ちょうど一回り離れている同じ干支《えと》の人がいいということなんです」

「未《ひつじ》ってことか」

「そうです。同年代の男性ですと、資産目当てではないかと、疑ってしまうそうです。それと実業家ですから、何かとゲンを担ぐんですよ。一回り上ぐらいの方がちょうどいいのだと、易《えき》に出ていたと言っています」

「俺は東京でリストラされて札幌でようやく就職先を見つけることが出来た、しょぼいサラリーマンだぜ。年収は四百万円。それでいいのか？」

「彼女は年収なんて、気にしていませんよ。もちろん松重さんの勤務先とか、お名

前はまだ伝えていません」

実際に会うまで、双方の特定情報は伝えないのがルールらしい。

「本当かね……」

松重は、小心な中年サラリーマンを演じていた。

小栗の作ったシナリオがそうなっている。

その小栗も含めた性活安全課全員が、明日札幌に移動してくる。

全員が雪山書院の社員に化けて捜査に当たるのだ。

一昨日、茉莉が撮影後に、客らしき男がラブホに入る場面を目撃したことから、ノースエージェンシーの売春疑惑は固まった。

同時にこの婚活サポート会社パーフェクトマッチングにも同様な疑いがかかる。

ここには松重が潜入することになった。

――よりによって婚活だ。まったく気乗りのしねぇ捜査だ。

「男性でも女性でも、資産のある方ほどご自分と同じタイプの人と一緒になろうとはしません。野心家は野心家を嫌うのです。松重さんには、大変失礼な言い方ですが、彼女の庇護《ひご》欲の対象になったのではないでしょうか」

「資産家が老犬を憐《あわ》れんで、家においてくれるということか」

皮肉を言ったつもりだが、目の前の北沢景子は笑顔のままだ。

「英国のエリザベス女王は、夫であるエジンバラ公の意見をもっとも参考にします。家庭内においては、時にエジンバラ公に叱責されるそうです。それはエジンバラ公に私欲がまったくなく、女王の夫に徹しているからだと言います。そういう生活、いかがですか?」

ヒモも悪くないですよ、と言っているようだ。

松重は一呼吸おいて返事をした。

「会ってみるか」

ほんの一瞬だが、退職してそういう暮らしをするのも悪くないと思った。刑事よりヒモがいい。一生推理小説を読んで暮らしたい。

「わかりました。私たちにお任せください。明日のパーティにぜひお越しくださ い」

そういって北沢景子は、段取りを説明しだした。

札幌駅近くのホテルで、定期的に「出会いのパーティ」を開催しているのだそうだ。今月は明日だという。

その席上でふたりを引き合わせ、目の前にいる北沢景子が松重に付き添ってアドバイスをするという。

「マッチング率八十パーセントの私にお任せください。松重さんを必ず次のステップに進ませて、ウェディングにこぎつけて見せます」

景子は腕を叩《たた》いた。

婚活アドバイザーというより、セールスレディだ。

画像の中の中国人は、品がよく見える。

「それじゃ、よろしく頼むわ……明日だな」

松重は席を立った。

もしこの婚活サポート会社が、売春斡旋《あっせん》を営んでいるとしたら、これは素晴らしいアイデアだ。

芸能プロの場合は売春か営業活動かが判断の別れ道になるが、婚活サポート業のほうはもっとダイレクトだ。

『お見合いの延長ということでエッチもしてみました』と言われたら、これはもはや手の打ちようがない。

金銭を介さない合意のセックスだ。

松重は、札幌駅前通を歩いた。刑事の癖で顰《しか》め面《つら》をしたままだが、内心は微苦笑していた。

——あの中国美人と合意の上で、やれるかもしれない。

スキップしたくなる気持ちを押さえた。路面は凍っている。

ここで転倒したらカッコ悪い。

2

表通りに、昔ながらの喫茶店があった。

「喫茶オオイズミ」とある。

入り口脇のショーウィンドーに、珈琲《コーヒー》豆の入ったカップと並びステンレスのプレートに載ったナポリタンやホットケーキが飾ってあった。もちろん合成樹脂のサンプルである。

これはこれは懐かしい昭和感たっぷりの喫茶店だ。

松重は、迷わず扉を開けた。

スポーツ紙を摑《つか》んで、古びたソファに腰を下ろす。くたびれたテーブルの上に、当たり前のようにステンレスの灰皿が置いてあった。

至れり尽くせりだ。

スポーツ紙はどの面も平昌冬季オリンピックの記事で埋まっている。

雪の札幌で読むとリアリティがあった。平昌も寒そうだ。

赤と黒のベストに蝶《ちょう》ネクタイをした店主が、注文を取りに来た。天然パーマにぎょろりとした目。四十代半ばの顔。

松重はブレンドコーヒーと厚切りトーストをオーダーした。

新聞を広げたまま、スマートフォンを取り出した。任務用の例のスマホだ。タップするアイコンを間違えたら、ここで大音量と大閃光《せんこう》が炸裂《さくれつ》する。

松重はメールのアイコンを確認してタップした。

小栗から『パーフェクトマッチング』に関するメールが入っていた。

【売春の証拠はどこにもありませんが、かなり怪しい会社です。

アンダーグラウンドネットにおけるこの会社の会員たちのやり取りを、チェックしました。

女性はいわゆる援助交際的な目的がほとんどです。そのセッティングにスタッフが一役買っているということですね。

男性会員は、ＶＩＰ会員になったら元モデルやタレントを食えたと書き込んでいます。VIP会員は年会費三百万のコースですが、スタッフの推薦がないとなれないようです。

売春斡旋容疑と、女性タレントたちへの管理売春の容疑がありますが、証拠はありません。

おそらく北海道警の刑事部や生活安全部も把握しているはずですが、決定的な証拠がないので踏み込めないのだと想定されます。

内偵で証拠を固めて、淫場でワッパを打つしか手はないでしょう。

間もなく、全員そちらに移動します。小栗】

松重はメビウスを一本取り出し咥《くわ》えた。

火をつける。煙草《たばこ》の尖端《せんたん》が紅《あか》く光る。

漂う紫煙を眺めながら思索する。

売春は売るも買うも犯罪だが、搾取をしている者以外は反社会的行為とは言い切れない面がある。

刑事仲間には無銭飲食よりも罪がないと言いきる者もいる。ウリを強要されていない限り、事実上の被害者がいない犯罪だからだ。

売春といっても所詮はセックスだ。

挿入した方も、させた方も、その行為だけで損害があったとはいえない。

そこに搾取があったとしても、娼婦《しょうふ》も客も手数料と考えるのが普通だ。

だから売春捜査は難しいと言われ、ある程度放置されても許容されるという世論もある。

だが……

松重は紫煙が天井に舞う様子を目で追った。

――問題は売春の先にある二次犯罪だ。

例えば、売春を仲介した管理者は、売った女、買った男、双方の秘密を握ることになり、脅迫に繋《つな》げることは容易だ。

今回はその匂いが強い。

芸能事務所と婚活センターは、どちらも管理売春を行い、その人間たちの弱みを握るには最高の舞台装置だ。

――たいしたものだ。

経営者の野津和正はもともと半グレ集団の幹部だったらしいが、実業家に転身してからは襤褸《ぼろ》を出していないようだ。

だが、一皮むけばその凶暴な正体を露《あら》わにするはずである。

――婚活パーティで暴れてみるか。

松重は、煙草をもみ消した。

コーヒーとトーストが運ばれてきた。

厚切りトーストにはバターがたっぷり塗ってある。がぶりと嚙《か》んだ。

旨《うま》い。

近頃、とんとお目にかかれない昭和の味だった。

そのとき、いきなり扉が開いて、冷風と共に男がふたり入って来た。先に入って来たのは巨体の男だ。つづけて小柄な男。

松重は驚いた。ふたりは十日前に解体工場にいた男たちだ。

小柄な男のほうは松重が側頭部に一撃をくらわして、即座に倒した男だ。

もうひとりのでかい男は真木課長に金玉を握りつぶされた男だ。

――ふたりとも俺の顔に記憶はないはず。

男たちは、松重の後方の席に座った。

どちらもブレンドコーヒーをオーダーした。

声がはっきり聞こえる。

「オヤジはまだ怒っているのか?」

松重と背中合わせに座る、羆《ひぐま》のような男の声だ。

「あぁ、あれからずっと機嫌が悪い。写真なんてなんも写っていなかったさ。俺が全部見たんだから間違いないっしょ。あの女は素人《しろうと》だよ」

茉莉が中国語を使っていたという小柄な方の男が、流暢《りゅうちょう》な札幌弁で答えている。

——こいつ何人だ？

「だけど、女を取り返しに来た連中はあきらかにプロだったぜ。あの女、めちゃくちゃ強かった」

羆が言った。ふたりのテーブルにコーヒーが運ばれた。

「まぁな。俺が不意打ちを食らって、起きたらあんたが倒れていたほどだ。普通ありえない」

「閃光弾を食らった」

——へっ。

松重はコーヒーを吹きそうになった。羆はキンタマを手で握りつぶされたとは言っていないようだ。

——そりゃ、カッコ悪すぎて、言えまい。

「オヤジは、あの日、ブツの引取り情報が漏れていたと思い込んでいる。俺たちを疑っている」

小柄な男の方が言った。

「たまんねぇぇな。で、いつやれって？」

巨体の男がだるそうな声をあげた。

「最終日」

「ちっ」

巨体の方はいかにも面倒そうな声を上げている。

「でも、やるっきゃないっしょ。俺らが裏切り者じゃないって証拠に」

小柄の方が少しヒステリックに言っている。

そこで羆のスマホが鳴った。着メロは映画「ロッキー」のテーマだった。

「野津さんから、呼び出しだ。力仕事らしい」

「しょうがねぇ。オヤジの系列だ、行くっきゃねぇべ」

ふたりが立ち上がり、テーブルに千円札を二枚置き、飛び出して行った。

「いまのふたり、常連？」

スポーツ紙を折りたたみラックに戻しつつ店の主《あるじ》に聞いた。

「いや、たまにだね」

「彼らは、ヤクザかい。眼光がすごく鋭かった」

「いやいや解体屋の警備員さ」

「警備員ですか……」

「ま、昔風に言えば用心棒だけどね」

喫茶オオイズミの店主は、テーブルの後片付けをしながら、教えてくれた。

「そうかい。てっきりヤクザ者かと思った」

松重は財布を開きながら笑った。

「体の大きい方は、真逆で元警察官……機動捜査隊員だったってさ……そのトーストセット五百円ね」

松重は内心の動揺を見せないようにしながら千円札を渡した。店主は釣銭をとりにカウンターの奥へといったん下がった。

「なるほど。警察からの天下りか。小柄な人もそうかね」

高鳴る動悸《どうき》を押さえ、さりげなく聞いた。

「いや、あれは元留学生。時計台の近くのラーメン屋で働きながら北スポ大に通っていたんだが、いつのまにか退学して、日本で働き始めたって口だね」

北スポ大。北海道スポーツ大学のことだ。

四日前にあったイケメンのオーストラリア人留学生の顔が浮かぶ。

「ひょっとして、時計台近くのラーメン店て『なまらうまいっしょ』っていう店ですか」

「おぉそうだよ。、習志野《ならしの》はその店でバイトしていた」

繋がった。吹雪《ふぶき》の中で、ようやく目的地が見えた気分だ。

「あの人、習志野君っていうんですか。日本名ですね」

「たぶん本名は習《シー》なんじゃないの。中国人だから」

「なんるほどねぇ。もうひとりの方は日本人ですよね」

「おぉ、あいつは市川《いちかわ》っていう」

運よく名前が聞き出せた。中国人の習志野に元警察官の市川。って千葉かよ。

「あんたは？」

「俺は、東京から引っ越してきたばかりのサラリーマン。松重って言う」

「そうかい。じゃぁ、これから贔屓《ひいき》にしてくれよ。うちはモーニングが自慢だ。ゆで卵に特大ソーセージをつけている」

店主が釣銭の五百円玉を寄越す。

「今度、いただきにくる」

大きな情報を得ることが出来た。

店の外に出ると牡丹《ぼたん》雪になっていた。

これほどの雪が降っていても道行く人々の大半は傘をさしていない。

歩きながらスマホを取り出し、小栗に市川の人定を頼む。

なんでもかんでも小栗で悪いが、他部署のデータに証拠を残さず潜り込める男は、他にいない。

元道警の機動捜査隊の市川。こいつの経歴がわかれば、進展は早い。

――よしっ。

たったいまトーストを食べたばかりだから、時計台近くまで、腹ごなしに歩くことにした。胃袋に塩バターラーメンを入れる空間を作っておかなければならない。

松重は『なまらうまいっしょ』に向かった。

3

真木洋子は雪山書院名義の日産マーチの運転席から、北十一条西三丁目にあるマンションの正面玄関を張っていた。

四階建ての古びたマンションだ。オートロックもない。「グランドパレス札幌十一番館」。名前だけは立派だ。

「張り込みって、体力と集中力がいりますね」

助手席の茉莉が言う。

すでに七時間が経《た》っていた。

「忍耐力が刑事の基本よ」

洋子は松重からの受け売りをした。

マルタイは、大通公園の大氷像の前からひとりだけ逆走して消えたデイパックを背負った男だ。

小栗が北海道警のNシステムと民間の防犯カメラの蓄積データを引き出し、その画像を同じく性安課の捜査官岡崎雄三《おかざきゆうぞう》が克明に追い、男の動きを割り出した。

大通公園で消えた男は、なんと二十分後ススキノの防犯カメラに映っていた。交差点近くのバー「サンパブロ」に入り、一時間ほど滞在して出てきていることが判明した。

このとき、男の背中のデイパックは平べったくなっていた。

入っていた荷物をあのバーで下ろしたということだ。

その後、男はススキノの町をうろつき、単独で、ラブホテルに入る。

ラブホテル前の防犯カメラには、その後、単独女性が数人出入りする様子も映っていた。

デリヘル嬢たちだ。

男が娼婦を呼んだ可能性が高いが、相手の特定までは出来ていない。

男は翌朝ふたたび大通公園の雪まつり会場を歩いたのち、タクシーを拾い、このマンションに戻っていた。マンションの郵便受けに名札はなかった。

男は、なんらかの取引の運び屋の役割を担ったと思われる。

デイパックに入っていた荷物は何か？

覚醒剤にしては大きすぎる。

一番考えられるのはやはり金塊だった。

中国人観光客が手荷物に隠して持ち込み、国内で仲間に渡すというやり方は、よくあるパターンだ。

この男も中国人であろうか？

明日には東京の性安課が全員札幌入りする。揃《そろ》ったところで、バー「サンパブロ」に揺さぶりをかけるつもりだ。

「あっ、真木さん。彼です。私、見覚えあります」

茉莉が、低い声で言った。茉莉は洋子を普通に真木さんと呼ぶ。上司ではないので課長とは言わない。当然といえば当然だが、慣れない。

マンションの玄関から、マルタイが出てきた。赤いダウンジャケットに黒の暖パンを穿《は》いている。

男は、目の前を通りかかったタクシーをすぐに止めた。

「追うわよ」

「はい」

助手席の茉莉がニコンを構えた。すぐに男の横顔とタクシーのナンバーを撮影した。タクシーは南に向かった。

「今日もデイパックを背負っていますね」

デイパックは重そうだった。

一体何が入っている?

洋子はアクセルを踏み込んだ。雪を蹴散らして発進した。

タクシーは札幌駅北口広場を迂回《うかい》し、創成川《そうせいがわ》通へ入った。牡丹雪の降る道は案外空《す》いていた。

しばらくして右手にテレビ塔が見えてきた。雪まつりは、五日目となっている。まつりはあと三日だ。

二条市場を越えたあたりで、タクシーが右折した。

「ススキノだわ」

茉莉が声を上げる。

タクシーが交差点近くにあるビジネスホテルの前に停車する。男が降りた。ホテルから中国人団体客が大勢出て来る。二十人ぐらいだ。男がその中に紛れ込んだ。団体客はそのまま大通りから、歓楽街へと入っていく。

「やばい、車、乗り捨てるね」

洋子は、茉莉を促し、通りに出た。

中国国旗を持ったガイドを先頭に、団体客は巨大観覧車のある商業施設「ノルベサ」に向かっている。

ノルベサはフランス語の北を意味する「ノル」と札幌弁の「べさ」を合わせたネーミングだという。実際に屋上に観覧車を作ってしまったのが凄《すご》い。

「乗るべさぁ」の意味もある。

「あそこで爆買いさせるんですね」

「というより、男の後ろ姿がよく見えない」

距離を詰めるため、洋子は急いだ。

ノルベサの中に団体客たちが吸い込まれた。洋子たちも中に続いた。そのとき、洋子たちと鉢合わせに男が出てきた。瞬間的に洋子は顔をそむけた。茉莉はカメラを構えて顔を隠している。

「えっ」

男の背中のデイパックが平らになっていた。

洋子は舌打ちした。

「あいつもう荷を渡したわ」

男を追うべきか、団体客の誰が荷を受け取ったのか追跡するべきか、戸惑った。茉莉が正式捜査員であれば、ここで別行動にするべきだが、リスクが高すぎた。また拉致されないとも限らない。

「中に入ろう」

団体客の方を選んだ。デイパックの中身の方が知りたい。

客たちは、免税店に入っていた。他の団体客たちもいるので、店内はごったがえしていた。

まいった。わからない。

「すみません。店内写真を撮らせていただけませんか。掲載の時はお客様の顔はすべて、ぼかしますから」

茉莉が免税店のマネジャーに頼んでいた。出来たばかりの雪国書院の名刺を渡している。洋子も急いでそれに倣った。自分の肩書は編集長だ。編集長が、どんなことをするのかなんて知らない。

売り場にあった脚立を借りて、茉莉がその上に立ち、カメラを構えた。俯瞰《ふかん》で撮る。その後、望遠レンズも使っていた。

盛んに撮っていた。

しばらくして、脚立を降りてきた。

「見てください。あの男と同じデイパックを背負った客が、三十人ぐらいいます。みんなバラバラに動いていて、特定のしようもないです」

液晶画面をプレイバックして見せてくれた。デイパックごとすり替えたということだ。

「やられたわ。でもこの中に彼のデイパックを受け取った人間がいるということと、この団体客全員がなんらかの形で怪しいということがわかったわね」

洋子は、店のマネジャーに聞いた。

「後でガイドさんたちにインタビューをしたいと思うんですけど、いま来店している旅行社の名前、わかりますか？」

「はい、ここにリストがあります」

マネジャーが、胸ポケットから用紙を取り出した。見せてもらう。

「これ、すべてお馴染《なじ》みの旅行社ですか？」

「はい、だいたいそうですが、今日は二社が新規の旅行社です」

リストの最下段にある二社を指さした。

水面から答えが浮かび上がってくるような言葉だった。

洋子はその二社の社名を頭に叩き込むように復唱した。

「『香港ゴールデントラベル』と『上海豪遊倶楽部《クラブ》』ですね」

「そうです」

「ありがとうございます」

免税店から飛び出し、すぐに任務用スマホを手に取った。

二社はおそらく諜報機関のダミーだと直感した。デイパックのすり替えの手口が大掛かり過ぎる。これが諜報機関でなければ、スパイ映画の撮影だ。

すぐに東京で待機する岡崎にメールを入れた。茉莉が撮った画像も添付する。

「ここを離れましょう。逆に私たちも見張られている可能性があるわ」

洋子は、茉莉をうながし、大通りに出た。

「真木さん、あのデイパックにはいったい何が入っていたんでしょう」

「そこよ。あの解体工場から調べ直す必要がありそう」

洋子は唇を嚙んだ。ノースエージェンシーの売春疑惑の内偵が札幌にきた主目的だが、それとは別の事案の影が見え隠れした。

中国諜報機関が絡んでいる事案。

ならばそれは公安部の管轄で、性安課が首を突っ込むことではない。

——だけど。

事件は茉莉が攫《さら》われたことに端を発している。ここで公安が出てきたら、茉莉が攫われたことまで発覚してしまう。つまりは茉莉の捜査員としての能力不足を露呈させることになりかねない。

警察組織における縄張り争いほど無意味なことはないと、常日頃上層部に訴えている自分だが、今回だけは、譲れなかった。

自分が見つけた部下は最後まで面倒を見たい。それが立場上の上司ではなく、本当に性安課の部下たちから信頼されるボスの責務ではないか。

　この三年間、現場の指揮官として学んだことだった。

　指揮官が身体《からだ》を張るから、部下も身体を張れる。それなくして性活安全課は成り立たない。

4

　洋子は、置き去りにした車に戻るのを止《や》め、ススキノの交差点へと歩を向けた。

「真木さん、どこへ？」

「バー『サンパブロ』。あの日、彼が荷物を下ろしに寄った店よ」

「いくら何でも、まだ開店していないんじゃないですか」

　茉莉が肩を竦《すく》めた。雪は降りやんでいた。白かった空が一転して青く染まっている。雲間から太陽がのぞくと、辺り一面の雪が光り眩《まぶ》しかった。

「水商売というのは、閉店中が素顔なの」

　また松重からの受け売りをした。

「なるほど、そうですよね。こんな時間に出入りする人がいたら、逆にお客じゃないってことですよね……私、だいたい見当がつきますから案内します」

サンパブロは、交差点からほんの少し南側に入った位置にあった。当然シャッターが降りている。

「あのカフェに入りましょう」

ちょうどいい具合にバー入り口を見通せるカフェがあった。道路側の全面がガラス張りになっている。

「サンドイッチでも食べながら、張り込みましょう」

店内に入ると同時に、茉莉が「あら、偶然」と言って手を振った。顔なじみがいたようだ。あえて声を上げたのは、自然に洋子に教えるためだろう。茉莉も捜査中の振る舞いが様になって来た。

「おぉっ、茉莉ちゃんっ」

大きな口を開けて、ハンバーガーを齧《かじ》っていた男が、片手を上げている。五十手前。日に焼けた顔に無精ひげが浮かんでいた。

「ひとりですか？」

「そうだよ。ひとりで朝飯」

男は朝飯と言った。もう午後四時を過ぎている。洋子はこの男が水商売であることを一発で見抜いた。

「こちら、私がよく行くバーのマスターの安倍さんです」

茉莉が紹介してくれた。

報告書によく出ていた「バーあべちゃん」の店主らしい。

「初めまして、真木と言います。雪国書院という出版社で編集をやっている者で……といっても先週東京から転職してきたばかりです。東京でも零細出版社におりました。今度は指原さんに写真をお願いしようと」

覆面職業《カバータイトル》で伝える。

「雪国書院って、あの売れそうにないカレンダーとか風景写真集ばかり作っている会社?」

ずけずけと物を言うタイプらしい。

隣の席に座った。

「はい、売れませんが、稀少《きしょう》な作品を望む読者がいるのは確かです」

このカバーを使う場合のマニュアル通りの説明をした。売れなくていい書籍ばかりを刊行しているのは、警察庁の隠れ蓑だからだ。まかり間違ってベストセラーでも出したら、ややこしいことになる。

だから余計売れないように高額な定価をつけているのだ。退職した警察官が趣味で撮った雪景色や山や川の写真を使って書籍やカレンダーを刊行している。

たまには、学術書なども出す。

いずれもあくまでも出版社らしくみせるための小細工だ。

常駐しているのは、元財務省造幣局のＯＢふたり。印刷にはことのほか詳しく、口の堅さも天下一品だ。

財務省との協定で、札幌出身のおじいちゃんたちを受け入れている。

「いいやねぇ。そんな悠長な仕事が出来て。俺がいたタウン誌なんて、広告が一頁《ページ》飛んだだけで発売延期だった」

「それでも、いまは立派なバーを経営しているんでしょう」

洋子は調子を合わせた。

エスプレッソとクラブハウスサンドをオーダーする。

茉莉がカプチーノとオムレツを頼んだ後に、安倍に聞いた。

「あそこに見えるサンパブロってバーを知っていますか？」

素人ならではの大胆さだ。

「あそこはアジア系外国人のたまり場だって話だ」

安倍は、また大きな口を開けてハンバーガーをがぶりと齧った。

「経営者も外国人かしら」

洋子が聞いた。

「いや、経営は真田実業。札幌の地場企業。本業は解体と中古車販売」

洋子は息が詰まりそうになった。茉莉は明らかに「えっ」という表情になったので、洋子は軽く彼女の爪先を踏んだ。

「畑違いの経営者ですねぇ」

はやる気持ちを押さえた。

「たぶん税金対策に赤字のバーを買い取ったんでしょう。バーなんか儲《もう》からないから、俺みたいに趣味でやるか、本業で儲かっている人が赤字づくりのためにやるというのはよくあることだよ」

安倍は自嘲的に笑って続ける。

「たぶんサンパブロは身内や仲間だけが来る類の店だね。真田実業は、解体部品や中古車をアジアのあちこちの国に売っているという話だ。その買い手との交渉にあの店を使っているんだろう。まぁ、俺のライバルじゃないってこった」

「サンパブロには一般の客は来ないと」

「そう、むしろ、一般客なんて来てほしくないと思っているんじゃないか」

「なるほど」

「じゃあ、そろそろ店の支度があるので、これで」

安倍はナプキンで口を拭き、カフェを出て行った。洋子は、頭の中でパズルのパーツを懸命に繋ぎあわせた。

「なんか不気味な展開になってきましたね」

茉莉が言う。カプチーノが入ったカップを持つ手が震えていた。

「そうね。氷像の前で、なにか取引があったみたいね。それを茉莉にカメラを向けられたので、証拠を握られたと思ったとか……」

「中身は、やっぱり金塊でしょうか」

「なんか、それとは違う気がする」

洋子はクラブハウスサンドを手に取った。

解体業、中古車、中国人、バー、どこかにヒントがあるはずだ。

「あっ、真木さん、サンパブロのシャッターが上がりました」

茉莉が言った。嵌《は》め殺《ごろ》しのガラス窓を見やると、店の中から巨軀《きょく》の男が出てきた。

「あの男」

洋子は戦慄を覚えた。

一緒に見ていた茉莉が、スプーンで掬《すく》ったオムレツの欠片《かけら》を床に落とした。

「真木さんが、玉ハグした男っ」

「しっ」

洋子は、立ち上がろうとした茉莉を制し、サンパブロの前の動きを観察した。

背後から、中年の男と、若い女が出て来る。さらにそのあとから、見覚えのある男が出てきた。茉莉を攫った男のひとりだ。

「あぁあああ」

茉莉が口を押さえて、肩を震わせている。あの夜の恐怖がフラッシュバックしたのかもしれない。

「しっ、声を出さないで。工場にいた男でしょう」

「ち、違うんです」

茉莉の眦《まなじり》が強張《こわば》っている。

「な、なに……どうしたの」

「あの子、ノースエージェンシーの所属タレントです。名前は広瀬美鈴。私がラブホで撮影した子です。その前にいる中年の男は、私と入れ違いにラブホにやって来ました。野津社長が頭を下げて迎えていたので、はっきり覚えています」

「なんですって」

ノースエージェンシーがこの件に紛れ込んできた。物語はさらにややこしくなった。

広瀬美鈴と中年男は、ふたりの男たちに連行されるように腕を掴まれ、大通りのほうへと向かっている。美鈴はオレンジ色のダッフルコートを着ていた。ただし、裾から伸びているのは生脚だった。男のほうは黒の背広姿。コートを着ていない。ふたりとも寒そうに肩を震わせている。

連行している男たちは、分厚いジャケットに暖パンを穿いている。おそらく裏起毛タイプ。

「追尾っ」

洋子は席を立った。

「はいっ」

茉莉もすぐに続いてきた。レジで会計をすませ、通りに出た。

空は晴れたままだ。雪に覆われた道に陽《ひ》が反射して眩しい。シャッターの開いたままのサンパブロを横切り、四人を追いかけた。十メートルの間を置いてつける。

「いやっ、離してよ。大声を上げるわよ」

交差点を東に曲がったところで、いきなり広瀬美鈴が、男の手を振りほどき始めた。摑んでいたのは、小柄な方の男だ。人通りの多い場所に出たタイミングで暴れるとはうまい。

「ヤキなんか入れられる覚えはないわよ」

「黙れ。あんたさ、事務所を通さず直引きしておいて、ただですむと思ってんのかよ」

小柄な男は、美鈴のダッフルコートの裾を後ろから捲《めく》った。

「わっ」

隣で茉莉が叫んだ。美鈴の尻の割れ目が見えた。形のいい尻だった。

「真っ裸にして、雪の中に放り投げんぞっ。てめぇ、雪像になりてぇのか」

小柄な男のそんな声が聞こえた。

通りを行き交う何人かの男女が、足を止めて四人のほうを見やる。洋子は足早に四人に近づいた。

「おらっ、何見てんだよ。あぁあ」

巨体の方が凄んだ。通行人は見て見ぬふりをして、過ぎて去っていく。

「もう一度声を上げたら、マジ、真っ裸にする。ススキノ交差点は東西南北の四方にライブカメラが据え付けられているんだ。それも二十四時間ネットに配信されている。おまえを交差点のど真ん中でM字開脚させて、おま×こを全世界に流してやろうか。一生消せねぇぞ」

「いやっ」

美鈴は押し黙った。凄い脅しだ。

さらに数メートル歩いた。黒のジープの前で止まる。クライスラーのチェロキー。雪道に強い車だ。

洋子は自分のマーチを探した。反対側に止まっている。レッカー移動はされてはいなかったが、見事に駐禁ロックが嵌められていた。

「やばい、車にのせられたら、追えない」

洋子はポケットから特殊スマホを出しながら、駆け出した。

「ど、どうするんですか」

茉莉が叫んでいる。

「茉莉は、ちょっと離れていて」

言いながら爆弾の形をしたアイコンを探す。タップすればそのまま特殊閃光手榴《スタングレネー》弾《ド》の役割をする。光、音、それに最新兵器の臭いも出る。

不特定多数の人間がいる場所では使えない。

高齢者や幼児がそばにいた場合、後遺症が残る可能性がある。非致死性手榴弾といっても、二メートル範囲にいた人間は、五分ほどは意識を失うのだ。

洋子は、マスクをした。防寒用に持って歩いているマスクだ。

ジープの後部扉が開いて、先に美鈴が押し込まれた。続いて中年男の背中が押される。

「僕らをどこへ連れて行くんですか」

背広姿の中年男が、巨漢に聞いている。

「オホーツク海。あそこだとコンクリート詰めにする手間が省ける」

それって、氷漬けってこと？

聞いた男は、抵抗を試みたが、巨体の男に思い切り尻を蹴り上げられると、顔を歪《ゆが》め、みずからジープに乗りこんだ。

巨体の男が運転席側に回った。小柄なほうは後部席へと乗り込もうとしている。美鈴と中年の男を見張るためだろう。

エンジン音がした。

後部座席が閉まる、その寸前に、洋子は追いついた。

「あの、スマホ落としましたよ」

閉まりかかる扉の隙間に、特殊スマホを放り投げる。爆弾マークのアイコンはタップしていた。光、音、臭いのフルの効果を試すのはこれが初めてだ。特に悪臭がどんなものか気になる。

「えっ、スマホっ。ちっ、おまえまた小細工しやがったな」

小柄な男が、美鈴に怒鳴った。美鈴がわざと道に落として、足跡を残そうとしたものだと勘違いしている。

「ありがとよ」

小柄な男が、軽く手を上げ、扉を閉めた。チェロキーが右ウインカーを上げる。

──お願い、発進前に爆発して。

洋子は、声に出してカウントを取った。両耳を押さえて、あえて遠くの看板を見た。車内は見ない方がいい。ニッカウヰスキーの看板が見えた。さっき会った安倍と言うマスターに似ている。そんなことを思いながら……

「四、三、二、一……」

チェロキーが後続車の切れ目を狙って右に動いた。

「……ゼロ」

——あれ?

何ごとも起こらなかった。チェロキーが動き出した。

——失敗?

次の瞬間。ドカンと鳴った。小栗はいつもカウントをごまかす。悪い癖だ。

チェロキーが止まった。タイヤをわずかに右に曲げたまま、停止していた。

洋子は後部扉を開けた。動き出す前だったので、オートロックが降りていなかった。目論見《もくろみ》通りだ。走行してロックが降りてからでは、外から開けることは不可能だった。

扉を開けると同時に、小柄な男が横倒れしてきた。完全に気を失っている。

運転席では、巨体の男が、両手で耳を押さえたまま、ステアリングにうつ伏せていた。

「うっ」

洋子は口を押さえた。

「くっさぁ~」

屁《へ》の臭いだ。よりによって屁だ。小栗の遊び心にも限度がある。洋子は怒りを覚えた。

百万カンデラの閃光と百八十デシベルの爆音と同時に、死ぬほど臭い屁の臭いを嗅いだ瞬間は、どんな気分なのだろう。

後でゆっくり美鈴とこの中年男に聞きたい。

小柄な男を踏みながら、洋子は拉致されそうになっていた男女を引き出そうと腕を伸ばした。

それにしても臭い。

——いやんなっちゃう。

茉莉が走り寄ってきた。

「真木さん、ゆうべ、何食べたんですか？」

鼻をつまみながら言っている。

「私じゃないからっ」

洋子はヒステリックな声を上げた。

「くうぅうう」

運転席で巨体の男が呻き、身体を起こした。進行方向を見ていたので、百万カンデラの閃光は直接見なかったようだ。

そのぶん、完全に落ちていなかった。さらに効きすぎた悪臭が男を覚醒させたようだ。臭弾は改良する余地がまだ多くある。

「うぅぉおおおおお。くせぇ」

猛獣が吠《ほ》えるような声をあげ、運転席を飛び出してきた。

「茉莉ちゃん、とにかくふたりを降ろして、余裕があったら、タクシーを止めて。私あのモンスター男を食い止めるから」

「は、はいっ。あぁ臭いっ」

映画かドラマで言えば、ここは相当ハードボイルドな場面だが、とにかく屁のような臭いが蔓延《まんえん》して、誰もがへっぴり腰になっていた。

「てめぇ、ぶっ殺してやる」

巨体の男が叫んだが、首を傾《かし》げた。自分の声が聞こえないのだ。三半規管を麻痺《まひ》させられた人間は平衡感覚も鈍っている。

洋子は、ノーガードで突っ立っている男に向かって、突進した。飛び上がって、その腹に膝頭をぶち込む。

「ぐえっ」

男が前のめりに倒れてきた。伸びてきた手に、肩を掴まれた。

「あわわわ」

凍結道路だ。洋子もぐらつき横転した。

「あうぅっ」

倒れしな、洋子の左脚が弧を描いた。これは偶然だ。踵《かかと》がモンスター男の顔面を思い切りヒットした。

「あぁあああああああっ、いてぇ」

鼻から噴いた血飛沫《ちしぶき》が、空を染めた。モンスター男がコンクリートよりも堅い凍結道路に顔から、ゆっくり落ちていった。

回し蹴りが決まった瞬間だった。偶然とはいえ快感だった。

「真木さーん。OKです」

見ると、通行人の協力を得た茉莉が、拉致されかけていた男と女をタクシーに乗せ終えていた。

洋子は鼻を押さえながら、タクシーに逃げ込んだ。

数人の通行人が、倒れているふたりを見て言った。

「くせぇえな。この男たち、ウンコ漏らしていねぇか」

「あぁ、くせぇ」

5

「ここで働いていた、習志野って男を知らないか？」

塩バターコーンラーメンを運んできたオーストラリア人店員のポール・ホワイトに、松重はスマホの画像を見せた。

茉莉が撮った氷像前での画像だ。

「あぁ、習志野先輩ですね。知ってますよ。北スポ大の先輩です」

「その男は中国人じゃなかったかね」

「そう、上海から来た人だって、彼の後輩が言っていたね」

ポールは習志野の後輩と仲がいいらしい。

「本名は習《シー》かな？」

「いや、そこまでは、わからないよ。みんな習志野さんって呼んでいたから、誰も本名なんて知らない。僕も本当はポールじゃない」

金髪で青い目の若者は、そう言って笑った。

「そうなんだ……」

　どう答えていいかわからなかった。

「本名は、イーサン・ブラウンっす」

「ポール・ホワイトのほうがピンと来るな」

「でしょ。イーサンは堅いとか強いって意味で、オーストラリアでは人気がある名前なんだけど、日本に来ると韓国人みたいだって言われるんですよね」

「まぁなんとなくな」

「苗字《みょうじ》のブラウンも、白人なのにブラウンってなんだよ、とかって言われるし」

「たしかにな」

　塩バターコーンラーメンのスープを啜《すす》った。

「面倒くさいから、ポール・ホワイトにした」

「その心は？」

「ゲレンデがすきだからスキーのポール。白人だからホワイト。日本人にはその方が馴染みやすいでしょう。逆にシドニーにいる日本人もやたら安倍って名乗る。今一番有名な日本人名だからね。名前は太郎《たろう》。安倍太郎さんてシドニーにもメルボルンにも百人ぐらいいるよ」

総理の苗字と副総理の名前ってことか。

「田中とかじゃないのか?」

とりあえず聞いた。そっちのほうが有名な気がする。

「それ、ニューヨークでしょ。ヤンキースの」

「そっか。そういうことか」

なんとなく世代差を感じる逸話だ。

立ち去ろうとする自称ポールの背中に聞いた。

「習志野って、北スポ大では、何を専攻していたんだろうねぇ。カンフーとか?」

「いや、習志野先輩は、体育学部じゃなくて、スポーツ工学部だったそうです。将来はトレーニング用のマシンの開発者になりたいって言っていたようです」

「選手よりもスタッフを目指していたってことか」

「はい。たぶんそうだと思います。スポーツ大学といっても全員がアスリートや体育教師を目指しているわけじゃないんです。北スポ大の工学部は偏差値は低いけど、設備は優れていると評判ですよ。習志野先輩は機械工学科でした」

「機械工学を学んで、スクラップ工場に就職かよ」

松重は、皮肉のつもりで言った。だが、ポールは肯定的な笑いを浮かべた。

「あの工場に行ったほうが、研究室なんかよりも、実際の凄いマシンを見ることが出来るって。いらなくなった部品を譲り受けて、自分なりにリサイクル品を作ってみることも出来るので、大学よりも技術が身につくと言ってました」

ポールの話に、胸がざわついた。

——習志野、おまえ何を作っていた？

とそのときメールが入ったことを知らせるメロディが鳴った。昔のテレビドラマ『西部警察のテーマ』だ。松重は渡哲也《わたりてつや》と舘《たち》ひろしの大ファンだ。

「かっこいいですね」

ポールが厨房《ちゅうぼう》の方に戻っていった。

メールは真木課長からだった。

【解体工場にいたふたりの男をススキノで発見。ノースエージェンシーのタレントと一般人男性を拉致しようとしたので、奪還。スマホの特殊閃光手榴弾《スタングレネード》を使用。閃光、爆音、悪臭の効果は絶大。これから保護したふたりを事情聴取。詳細がわかり次第、再送。松っさんは、婚活どうですか？　任務潜入でも、いい出会いがあったら、成就させてください】

最後の二文はよけいなお世話だ。

それにしても、どんどん事案が繋がってくる。

麻雀で言えば入りそうにない嵌張《カンチャン》、辺張《ペンチャン》の牌《パイ》が、どんどんやって来る感じだ。

こういう時こそ、引き締めなければならない。

——どこかに罠《わな》があるかもしれない。

松重は返信した。

【二人の名前が判明。羆のような男は市川。元道警の機動捜査隊隊員。この男の経歴は、ただいま小栗が調査中。

小柄な方は、元北スポ大の中国人留学生——日本名は習志野。機械工学を学んでいたそうですが、そこがひっかかります。

ちなみに『ながらうまいっしょ』のポールの本名はイーサン。いま塩バターコーンラーメンを食っていますが、うまいです】

支離滅裂な文面だ。まぁ、なんとなく伝わればいい。

6

札幌駅前通北三条にある老舗《しにせ》ホテルのティールーム。

洋子は聞いた。

「とんだ災難でしたね。いったい何があったんですか」

「私は札幌ＡＢＣテレビの大山一郎《おおやまいちろう》と言います。助けていただいて感謝します。彼等《ら》とはもう関わり合いたくありません。今夜にでも家族にすべてを話し、海外移住を考えます」

中年男はまだ震えていた。五十代半ばに見える。

洋子は、あくまでも通りがかりの人間を装っていた。

「護身用グッズがあんな形で役立つとは、思っていませんでした。あれ初めて使ったんです」

特殊閃光手榴弾《スタングレネード》の効果は約五分で薄れる。非致死性武器と言われるゆえんだ。

ふたりはタクシーの中で覚醒していた。

ダッフルコートの下は丸裸だった美鈴は、ホテルの部屋で寝かせてある。茉莉が衣服を調達に走った。

「ところで、広瀬美鈴さんとは、どんな関係なんですか？」

「セックスをしました」

「まぁ」

洋子は驚いたふりをして見せた。

「いつごろからですの？」

「いや二日前ですよ。事務所の野津社長に誘われてラブホに行ったときは、あの子はもう完全に発情していて、私が部屋に入ると、すぐにやりたいって、飛びついてきたのです」

洋子はピンときた。

そのセットアップのために、茉莉の撮影が利用されたのだ。

「差しつかえなければ、ノースエージェンシーとの関係をお聞かせ願えませんか」

「ええ、真木さんは命の恩人ですから教えますよ。あの芸能事務所はひどい会社でしてね。私は罠に嵌められたんですよ。ハニートラップっていうやつですね」

「ハニートラップ？」

洋子は、初めて聞くような顔をした。

「野津と出会ったのは二年前ですよ。雷通《らいつう》の札幌支社の社員からの紹介です。大手広告代理店の人間からの紹介でしたから、信用して会いました。ただ、売り込まれたタレントが女性はキャバ嬢風、男性はホスト風のタレントばかりだったので、すぐには使いようがありませんでした」

「そういう雰囲気の子は起用しづらいのですか？」

　この質問は単なる好奇心だ。

「ほとんどの番組をキー局に依存しているローカル局では、キャスティング枠は限られています。レギュラー的に制作しているのは朝と夕方のワイド番組ぐらいですよ。あとは年に数本の特番を制作する程度です」

　言われてみればわかる。

「一年前のことです。野津からヘアメイクとスタイリストと飲むから、一緒にどうですかと、誘われたんです。雷通の社員も一緒でしたので、こういう飲み会が時々あるのだろうと思っていました。実際、他の芸能事務所やＰＲ会社からも、ときどき同じような接待は受けていました。最後に寄ったカラオケスナックで、ヘアメイクの女が酔って、私にしなだれかかってきました」

　洋子はポットから紅茶を注《つ》ぎながら聞いた。

「雷通の社員が先に帰ると、野津とスタイリストの女が妖しい雰囲気になりました。気が付くと、ヘアメイクの女がバストを押し付けてきて、テーブルの下で私の股間を触りはじめたんですよ」

「ヘアメイクさんですか……」

洋子はティーカップを口元に運びながら、そう返した。

裏方から攻めるとは野津も巧妙だ。

「ヘアメイクだったら、もしも私の立場に付け込んできても、局内での起用方法はあると思いました」

案の定だ。

「で、食べちゃったんですね」

洋子に図星を指されて、大山はバツが悪そうな顔をして、うなだれた。

「それから、どうなりました？」

レポーターみたいに目を丸くしながら聞いた。

「はい。一度彼女と関係を持つと、野津との飲み会が断りづらくなりました。そういうものです」

そういうものだろう。

「野津が、飲み会にタレントも連れてくるようになりました。ある夜、タレントと私とやったヘアメイクを残して、野津は先に帰りました」

野津がテレビ局の権力者をカタに嵌めていく様子が見て取れる話だ。

「その途端、ヘアメイクが女性タレントにやたらと飲ませ始めたんです」

典型的な美人局《つつもたせ》の手口だ。

おそらく彼女をべろべろに酔わせて〈お持ち帰りしてもいいよ〉っていう雰囲気を作り上げたのだろう。

「で、タレントともそういう関係になってしまった、と」

「……はい」

大山は蚊の鳴くような声で答えた。

「次の日に脅迫電話を貰いました。『タレントを酔わせて、やっただろう』『女は合意していないって言っているぞ』と怒鳴りまくってきました」

いかにも元半グレのやり方だ。

「ヘアメイクさんは。その後どうしちゃったんですか？」

「野津の恐喝電話が入った日から、景子とは連絡が取れなくなりました」

「景子さんというのですか」

「はい、北沢景子という女です……」

と、そこまで話して、大山は怪訝《けげん》な顔をした。

「真木さん、あなた本当に普通の出版社の方ですよね。週刊文潮《ぶんちょう》とかの人じゃないですよね」

ヒヤリとする問いかけだった。

「ごめんなさい。そう思いますよね。私、好奇心が強くて、ついつい深入りしてしまって。ただの噂《うわさ》好きです」

ドラマに出てくる家政婦とか、おばさん刑事みたいな調子でごまかす。

大山が納得した顔をして、続けた。

「野津が北極連合の幹部だったと知ったのは、そのときです。すぐに雷通の社員に相談しましたが、知らなかったで、終わりです」

相談したところで始まらない。

その男も、すでに野津の毒牙にかかっていたはずだ。

大山には、それは言わなかった。

「景子のことは、後々知ったのですが、ヘアメイクの仕事なんてしていませんでした。野津が経営するもう一つの婚活会社でコンサルタントをしていたんです」

「婚活会社？」

「はい、パーフェクトマッチングという会社を野津は経営しています」

「ちょっと失礼。メールが来たみたい」

洋子はスマホを取り出した。本当にメールが入っていた。松重からだ。返信した。

【ラーメン食べ終わったら、婚活会社の北沢景子を調べて】

　スマホをしまい、話を戻す。

「それからノースエージェンシーとはズブズブの関係に？」

「まさに……でも、今日で終わりです。本気で野津を怒らせてしまったので、もう逃げるしかありませんあせん」

「今日何があったんですか？」

「一昨日、美鈴とセックスしている最中に、耳もとでテレビに出たいと囁《ささや》かれたんです。射精寸前だったので、うっかりＯＫしてしまいました」

「それ、まずいんですか？」

「事務所を通さず、当人と出演を決めるのは芸能界ではタブーです」

　まるで遊郭のような掟《おきて》だ。

　大山はふたたび怯《おび》えた顔になり、震える声で告白をつづけた。

「午後に野津に呼び出されると、美鈴はすでに裸にされて、何人もの男性タレントにやられていました。男性タレントと言っても、野津の手下のホストのような連中です。美鈴は何度も寸止めを食らって、とうとう私の目の前で、直接出演要請をしたと白状してしまったんです。バレたらアウトですよ。野津が激昂《げっこう》して、あのヤクザたちを呼んだのです」

「わかりました。何のお役にも立てませんが、どうぞ逃げてください」

聞くだけ聞いて、洋子はクールに突き放した。

権力を利用して、やるだけやったことに、変わりはない。天罰だと思って、職を投げるしかしかない。

「あれっ」

大山がポケットからスマホを取り出した。着メロが鳴っている。ｇｌｏｂｅの「ＤＥＰＡＲＴＵＲＥＳ」のようだ。大山は、顔面蒼白《そうはく》になっている。外の景色も、どこまでも真っ白だ。このメロディはジャストフィットだ。

「の、野津からのメールだ……」

「一緒に見てもいいですか」

突き放しておいてなんだが、その中身には興味がある。

「どうぞ……」

大山の席の方へ回り、覗《のぞ》いた。

【大山、あんたあのふたりにとんでもねぇことしてくれたな。もう絶対に逃がさない。駅にも、空港にも、局にも、あんたのマンションの前にも、北極連合の連中が

張り付いている。覚悟しとけっ】

「ど、どうしよう。家族はまだ何も知らない」

大山は唇を震わせている。

「返事を出してください」

洋子がアドバイスした。

紅茶をもう一杯オーダーする。ついでなのでスイーツも頼む。苺《いちご》のムースかブルーベリーのタルトかさんざん悩んだ挙句、大山にも糖分が必要だと思い、アフタヌーンティーセットをオーダーした。ふたりでちょうどいい。

「へ、返事って、どう打つんですか」

「この問題を暴力以外に解決する方法はないかと、打ってください」

怒りに任せて、オホーツク海に沈めるほど、野津は無能ではないはずだ。大山と美鈴を拉致した後に、なんらかの要求をすると見るのが普通で、暴力は単なる脅しのための舞台装置に過ぎない。洋子はそう読んだ。元マルボウの松重が常々口にするセリフがある。

『極道はメリットなしに暴力は振るわない』

けだし名言であり、成熟した半グレ集団も同じ発想ではないかと考える。

もとより、洋子はまだ広瀬美鈴を信用していない。彼女自体が芝居を打っている可能性もあるのだ。

大山は、ハンカチで額の汗を拭きながら、スマホをタップしていた。

「おっしゃる通り、打ちましたが……真木さん、あなた危機管理コンサルタントかなんかですか」

「いいえ、雪山の写真集の編集者ですが、なにか？」

信じてもらいにくいが、そういう覆面《カバー》を被《かぶ》っているので、押し通すしかない。

大山のスマホのメロディがふたたび鳴った。

降り積もる雪の中をどこまでも歩く恋人たちの映像が浮かぶ懐かしいメロディだ。

「野津からです」

「どれどれ」

洋子はふたたび覗き込んだ。

ちょうどそこにアフタヌーンティーセットが運ばれてきた。スコーンがとても美味《おい》しそうに見えた。早くクロテッドクリームをたっぷり塗って、食べたい。蜂蜜もついている。

覗いたメールの文面は、しょっぱそうだった。

【大山。おまえが生き残れる方法はひとつだ。俺の軍門に下れ。俺は間もなくテレビ制作会社を立ち上げる。おまえはその制作会社の社長をする。何をして欲しいかわかっているな】

「どういうこと？」

洋子は聞いた。

「野津は、たぶん札幌ＡＢＣテレビを乗っ取るつもりです。タレントのブッキングは口実で、最初から、これが狙いだったのでは……」

洋子はまず紅茶を一口飲んだ。大山にも勧める。

「大山さん。逃げるのは、やめてください。私が、腕のいい危機管理コンサルタントを紹介します。その指示に従って動いていただければ、この問題は、たぶん解決します」

さぁ、スコーンだ。洋子はクロテッドクリームにスプーンを伸ばした。

第四章　ノンフィクションエクスタシー

1

二月十日。土曜日。

「さきほど到着しました」

北一条西四丁目にある何の変哲もない古いオフィスビルの五階。

洋子が雪山書院の扉を開けると、桜田門から移動してきた性安課のメンバーが全員起立した。

「たぶん今回は吹雪《ふぶき》の中の格闘になりますよね」

と上原亜矢《うえはらあや》。スノーボーダーのような恰好《かっこう》をしている。元新宿七分署の生活安全課の万引き担当。淫場を踏むことに、生き甲斐《がい》を感じている女だ。二十七歳。

趣味はオナニー。いまもスチール机の角に股間を押し付けている。

いわく「角マン」。肉芽を潰すと閃《ひらめ》きがあるのだそうだ。

洋子としては真似《まね》する気はない。

その隣に相川翔太《あいかわしょうた》。そもそもは新宿七分署時代、歌舞伎町《かぶきちょう》の地理に詳しいことから性安課の発足メンバーに選抜されたが、現在は松重をサポートする唯一の武闘派として、強制捜査には欠かせない人物になっている。

「モスクワ駐在以来の雪国勤務です」

そう言って会釈したのは、岡崎雄三。洋子と同じキャリア。元公安課外事担当。外国人売春事案の背景を洗う場合、公安と連携は欠かせない。元組織犯罪対策課刑事の松重とともに組対、公安の双方から探りを入れることで、売春組織の背後関係をあぶりだすことに何度か成功している。

公安からの裏情報は性安課には欠かせない。

「機材関係のセットアップは終わっています。みなさんシークレットウォッチをつけてください」

ＩＴ捜査官の小栗が言った。

この男も新宿七分署出身だが、武器製作マニアだ。洋子は拳銃の所持を極力避けている。その代わり非致死性武器をいくつも考案させている。

「小栗君。あのスマホの臭気ガスが、もう臭すぎて、自滅しそうよ。相手にだけ威力を発揮するように変えてくれないかしら」

「すみません。改良します」

「頼みます。で、それぞれのマルタイの背景は解き明かされたのかしら」

「すぐに、捜査会議にはいりますか」

小栗がホワイトボードの方を向いた。

「ちょっと待って。松っさんが、もうじき戻って来るでしょう。揃《そろ》ってからやりましょう」

松重の潜入捜査が鍵を握る。彼なしで会議は始まらない。

「みなさん、コーヒーにしますか、それとも紅茶がいいですか」

銀色のトレイを抱いた新垣唯子《あらがきゆいこ》が、給湯室に向かおうとしている。元庶務課の刑事だ。性安課は人手が足りないので、昨年、庶務担当の唯子までを刑事に登用したのだ。もちろん本人の承諾を得ている。

全員がコーヒーに手を挙げた。

唯子の後ろには昨年神奈川県警から転属してきた石黒里美が立っていた。

「私がノースエージェンシーに潜り込めばよかったですね」

　里美は元タレントだった。タレントをやめて、女性警察官に転身した変わり者だ。広報課に勤務していたところ、洋子と出会い、転属を申し入れてきた。

「あなただと、すぐバレるでしょう」

　石黒里美は、八年ほど前までは、テレビや雑誌でそこそこ売れていたのだ。素人《しろうと》で通せる顔ではない。

「茉莉ちゃん、大変な目にあいましたね」

　と窓のそばにいた茉莉のほうを向く。

　カメラマンの茉莉はそもそも里美が神奈川県警の広報課にいたことから、性安課とかかわるようになったのだ。

「いや、大変なんて思っていません。早く性安課の正式メンバーになりたいですから、みなさん、よろしくお願いします」

　上原亜矢、相川翔太、岡崎雄三、小栗順平、新垣唯子、石黒里美。それに指原茉莉。洋子は部下たちの顔を見回した。

　最強エロ担メンバーだ。

　唯子と里美が給湯室に行き、全員分のコーヒーをトレイに載せてくる。各自がカップを取った。

「おぉっす。札幌に来たら、まず塩バターコーンラーメンだぞ」

そこに松重豊幸が入ってきた。爪楊枝《つまようじ》を咥《くわ》えている。

――最初は味噌《みそ》だと言い張っていたくせに。

そこは突っこまずに、洋子は手を叩《たた》いて。全員に着席を促した。

「捜査会議を始めしょう。小栗君、ここまでの裏取り状況を全員に説明して」

「はい」

小栗がタブレットを持って立ち上がった。

すぐに、上原亜矢がボードの前に立つ。要点の書き込み担当だ。相変わらず、ミニスカートの股間の辺りが三角形に窪《くぼ》んでいる。角に押し付けていたせいだ。

「上原、おまえ、形状記憶のスカートを穿《は》けよ」

相川が野次った。

「どこ見てんのよ」

ホワイトボード用のペンを握った亜矢が返す。見えるのだからしょうがない。洋子は咳払《せきばら》いした。

小栗が頷《うなず》いて、説明を開始する。

「売春疑惑のノースエージェンシー。枕女優を用意して地元マスコミのプロデューサーを落としては、出演枠を広げていますが、これは売春行為とは言い切れません。やはりいくらタレントの卵を捕まえても、営業行為だと弁明されれば、それまでです」

それは広瀬美鈴への聴取でも同じことだった。

大山と話した後、洋子と茉莉は彼女に売春を強制されていなかったか確認したが、美鈴はあくまで否定した。

このところチラシのモデルの仕事ばかりになり、ラブホで撮影され、大山に差し出されたとき、もう自分は枕要員に落とされたと確信したので、思い切って直取引に出たのだという。

凄《すさ》まじい欲の世界である。

広瀬美鈴はふたたび拉致されないように、東京に旅立たせた。

歌舞伎町の新闘会系の芸能事務所が保護してくれることになった。新闘会は与党ヤクザである。

「ただし、婚活サポート会社の方は、売春斡旋《あっせん》の容疑で踏み込めます。ノースエージェンシーの芸能部門にいるタレントたちに、ここで稼がせているんです」

美鈴もその役に落とされそうになったので焦ったわけだ。

洋子は小栗に声をかけた。

「その野津だけど、次はテレビの番組制作会社を興す気でいるけれど、その背景はわかる?」

小栗がタブレットをタップし続ける。

別なファイルを引っ張り出しているようだ。

「現時点でははっきりしませんが、野津の背後にいる真田実業の社長、真田佳昭。こいつが曲者《くせもの》です。札幌の有力暴力団だった鯨神会《げいじんかい》の元組員です。鯨神会は暴対法施行を前に解散し、真田は堅気直りを宣言し、正業を始めました。中古車販売業と解体業です。約三十年前のことですが、以来真田は一切表舞台に現れていません。写真や映像のデータもすべて、真田が鯨神会の若手だった頃の者で、現時点ではあまり役に立たないデータばかりです。整形している可能性もありますしね」

「元ヤクザだと知られたくないってことだな。それにしても、あの工場はいったい何をやっているんだ?」

松重が聞いた。

「真田実業は中古車販売もやっています。その主要な顧客は、札幌市民ではなくロシアの業者です」

　相川が膝を叩《たた》いた。

「そもそも道内に走っている車は寒冷地仕様車だ。ロシアや旧ソ連の寒冷地帯の国から見れば、都合がいいということになりますね」

「車だけなら、問題ないが、それ以外のものも輸出していたとしたら、ややこしいな」

　岡崎が口をへの字に曲げた。軍事転用可能な製品ということであろう。

「構図が広がりを見せてきたわね。公安や組対と連携する？」

「いや、我々だけでやったほうが、手っ取り早いと思います」

　岡崎が言った。

「俺もその方がいいと思う。合同チームを発足させたら、道警を通じて相手にバレバレになる。スピーディに解決した方がいい」

　松重が同意した。

「すまん、話は飛ぶが、道警ＯＢの経歴は取れたか？」

　松重が真田実業に雇われている巨体の男の件を聞いた。

「はい。市川広司《ひろし》。三十二歳。五年前まで道警の機動捜査隊員でした。ススキノでの傷害、強盗事案の初動捜査で、何本も容疑者を挙げています」

機動捜査隊とは警視庁及び道府県警の刑事部に所属する執行部隊だ。通常捜査車両に二名で乗車し、管轄内の犯罪密集地帯などを隠密パトロールしていることが多い。重要事件発生と同時に即座に臨場、初動捜査を行う。容疑者がまだ現場近くにいた場合など、捜査課が到着する以前に機捜が逮捕してしまうケースも多い。

部隊名が似ているので混同されがちだが、治安警備および災害警備にあたる機動隊とはまったく異なる。

「市川が挙げた容疑者になんらかの傾向はあるの？」

洋子は聞いた。

「はい。市川が捕まえたのはすべて、半グレの北極連合のライバルと見なされる連中でした」

「その頃、野津はまだ北極連合の幹部だったわね」

「はい。幹部というより、事実上のリーダーでした。利口な野津は、みずから目立つ存在になろうとはせず代わりのリーダーを立てていたのです。現在でも北極連合は野津の支配下にあると考えられます」

小栗が淡々と答えている。

ライバルをけしかけては乱闘をおこし、警察に、どんどんパクらせた。そんなところだろう。

「市川は、野津がノースエージェンシーを立ち上げた段階で、道警を退職。真田実業に転職しています」

見事な天下りだ。

松重が火をつけていない煙草《たばこ》を咥えながら、小栗に問うた。

「北極連合は、真田実業の事実上の下部組織だよな」

「その通りです」

小栗が答えると、すぐに上原亜矢がボードに図を描いた。

最上段に真田実業。かっこして元鯨神会と入れる。

線を引いて、真下にノースエージェンシー。同じくカッコして北極連合と書いている。ノースエージェンシーから枝分かれする形でパーフェクトマッチング。

実にわかりやすい図式になった。

「要は、暴対法で動きづらくなった鯨神会が、代わりの暴力装置として半グレ集団の北極連合と提携した。元々ヤクザのシノギだった芸能と売春を若者に譲り、自分たちはそこから上前を撥《は》ねていた、というあらすじはどうかね。テレビ局の制作部長に難癖をつけて、今度は制作会社を作って局内に入り込もうとしている。マスコミを操れれば、有効な手段となる」

松重がとりあえず仮説をまとめた。おそらくその見立てで間違っていないだろう。

洋子は、残っている疑問を口にした。

「真田実業の最終目標はなんでしょう？」

この間、盛んにタブレットを操作していた岡崎が口を開いた。

「中国マフィアのひとつが真田実業に接触しています。上海赤蛇頭《レッドスネーク》です。彼等《ら》は中国共産党が黙認している犯罪集団です」

岡崎の説明に洋子は肩を窄《すぼ》めた。

日本のヤクザが最近海外の工作機関と手を組むことが増えている。

うんざりする傾向だった。

「覚醒剤や金塊の密輸かしら？　あのデイパック重そうだったし」

岡崎が、眉間に皺《しわ》を寄せて答える。

「いや金塊密輸は去年頻発したので、締め付けが厳しくなっている。所詮密輸しても消費税分の利益しか上げられないので、うまみをかんじなくなっているはずです」

「だったら、何が狙いなの？」

洋子は、松重のほうを向いた。

「真田が元極道なら極道の考えることは、昔からひとつしかない……」

元マルボウの松重が、煙草に火をつけた。

ここ禁煙です……と言おうとしてやめた。

「どういうことですか？」

「てっぺんを取りに行こうとしているのかもしれない」

「稼業はやめたのでは」

「看板を下ろしてもヤクザはヤクザでしょう。ヤクザに現状維持という発想はない。やらなければ、やられる。そういう風にしか考えない。それはマフィアも同じだ。新しい縄張り争いが始まっているのかもしれない」

「抗争が始まるっていうことかしら？」

洋子は唇を噛《か》んだ。

「いままさに抗争中ということでは。あの氷像の前で何が取引されたのか、それが鍵となりそうな気がする」

「デイパックの中味ね」

洋子が、振り向くと、小栗が、面倒くさそうな顔をした。

「この事案、性安課の範疇《はんちゅう》越えちゃっていませんか」

「そうね、まず私たちの範疇の任務を優先しましょう。松っさん。パーフェクトマッチングを追い込んで。売春斡旋を潰しましょう」

「了解しました。いやがらせ業務でいきます」

松重が親指を立てた。

いやがらせ業務とは、性安課の符牒《ふちょう》で、逮捕を目的とせず、相手の売春業務を混乱させる業務である。事案を世間に暴露したり、売春組織に恥をかかせ、威嚇する捜査と言える。

これは、末端の娼婦や客を検挙する以上に大きな効果を上げる。

2

会場内には小室哲哉ナンバーのインストゥルメンタルバージョンが流れていた。

北五条西七丁目のシティホテルの二十四階のバンケットルームで「マッチングパ

ーティ」が始まっていた。

東京の新宿にも同じ名前のホテルがあるが、見た目も似たような造りだった。

五十人ほどの男女が集まっていた。

モデル風の女やホスト風の男が半数ほどいる。

残りの半分が、普通の男女だ。その人間たちはいずれも富裕層に見える。中年男がモデル風の女と談笑し、熟女がホスト風の男に酒を注《つ》いでいた。

とても婚活パーティには見えない。

松重は、濃紺のスーツを着て来ていた。ネクタイを締めるのは半年ぶりだ。

部屋の中央に見事な氷像が飾られていた。若いカップルが並んでスノーモービルに乗っている様子を彫った像だった。

天井のシャンデリアの光とその周囲を歩く人々の服の色を反射させて、氷像は七色に輝いて見えた。

氷像は白い布で覆われた台に置かれている。松重は小栗から渡されたキャラメルの箱をさりげなく、白布の中に隠した。

改良された特殊閃光手榴弾《スタングレネード》だ。

「松重さんのお相手は彼女です。ほらあの氷像の前にいる女性」

北沢景子の視線の先を追うと、深めのスリットが入った赤いチャイナドレスに身を包んだ女が、シャンパングラス片手に佇《たたず》んでいた。

サングラスをヘアバンドのように頭に載せている。まるでスーパーモデルだ。事前の説明では三十九歳だったはずだが、三十歳前後にしか見えない。

「日本名は浜川《はまかわ》あゆみさん」

「ばりばりのセレブに見えるけど、俺で大丈夫か？」

松重は、あえて臆病を装った。

探りをいれるターゲットは婚活相手だけではなくなっていた。

このアテンドをしてくれている北沢景子は札幌ＡＢＣテレビの大山にヘアメイクとして近づいた女だ。素性を探りたい。

「大丈夫です。私がうまくセッティングしますから」

景子が、松重の腕を引き、チャイナドレスの女のほうへと進んでいく。

「あゆみさーん」

景子が声をかけると、彼女はすぐにこちらに笑顔を見せた。

出来レースなのはわかっている。

知りたいのは、この女たちの、目的だ。

しがない零細出版社の中年サラリーマンに、何を求めようというのだ。

「こちらが雪山書院の松重さん。写真集を多く出版している手堅い会社です」

景子は手堅いという言葉を強調した。

「初めまして。浜川です。投資会社を経営しています。あっ、名刺交換なんていいですよね」

あゆみが笑って手を差し出してきた。松重はその手を軽く握った。

「こういう場所になれていないので。何の話をしていいのかわかりません」

小心者を演じた。

「私も、こういうパーティは初めてです。飲みながら話しましょう。ねぇ、景子さんも一緒に」

「では初対面同士ですから、私がお伴をしましょう。松重さんは何を飲みますか?」

「あぁ、生ビールを。札幌に来てからビール三昧です」

言いながら、シークレットウォッチのリューズを押した。

性活安全課特製腕時計。

一見安物のデジタル時計に見えるが、文字盤に小型カメラ、集音マイクがついている。メールのやり取りも可能だ。

この腕時計を通じて性安課の全メンバーに、こちらの様子を送信することが出来る。いまごろ雪山書院では、全員がモニターを眺めているはずだ。

なにかあれば、アドバイスも入る。

「夜景を見ながら語りませんか」

ウエイターから生ビールのグラスを受け取った景子がふたりに促した。

「はい」

窓辺に歩み寄る。

光の絨毯《じゅうたん》のような夜景が広がっている。

「ここは北五条ですから、市内全域が見渡せます」

景子が観光ガイドのような口調で言う。

「野暮は承知で聞きますが、浜川さんはどんなことに投資をしていらっしゃるんですか」

いきなりぶつけてみた。

「ほとんどが不動産です。それと日本の会社にも投資しています」

夜の札幌を見下ろしながらあゆみはそう言った。野心に満ちた目をしていた。まるでこの町をすべて手に入れたいと言っているような目だ。

「日本の不動産にかつてのような勢いはあると思いませんが……人口が激減していますし」

一般論を言ってみた。

「いずれ中国人や他の国の人が増えますね。私は短期の利益を求めていません。三十年後や五十年後を想像するのが楽しいんです」

松重は本能的に怖いと感じた。

三十年もかからずに、それは現実化しそうなのだ。

マンションの住民会議が中国語になる日は案外近いのかもしれない。

「そんな国際的なセレブである浜川さんが、婚活サポート会社で伴侶を探そうとしていることに、なんとなく違和感を覚えます」

あゆみは笑った。聞きなれた質問だという笑い方だった。

「日ごろ、言いよって来る男には、警戒心を持ちます。資産があるものはみんなそうだと思いますね。でも、自分から見定めると、気持ちは違ってきます」

凛《りん》とした言い方だった。

「ぼくなど、しがないサラリーマンですよ。しかも転職したばかりだ。釣り合いが取れない」

しょぼくれた人間を演じていると、現実もそんな気分になって来る。長く続けたくない演技だ。

「松重さんは、ご自分の会社が気に入っていますか」

「写真集の編集という仕事は憧れでした」

「でしたら、社長をやるべきですね」

「はぁ」

生返事をした。

「買い取り資金は私が用意します。その会社は、どのへんですか?」

あゆみは聞いた。

松重は夜景の中を目で追った。

景子が北一条西四丁目の辺りを指さした。

「あそこでしょう」

事前に提出したプロフィールにある住所を景子は正確に覚えているようだ。

指さされたビルの五階で、いまごろ洋子以下全員がぎょっとしているに違いない。

「いやいや……そんな野心はないですよ」

「私、カメラとかに興味あるんです。松重さん、詳しいですか」

――なんだ？

松重は思わずあゆみの顔を見た。

あゆみは夜景を見つめたままだった。

――俺、カメラのことなんか知らない。

さりげなく腕時計を見た。もちろん、あゆみや景子に気づかれないように身体《からだ》を捻《ひね》って覗《のぞ》いた。

腕時計の液晶に文字が流れた。

洋子からのアドバイスだ。

【知ったかぶりしてください。どんなタイプのカメラにご興味ありますか、とか。そんな感じで……そばに茉莉と小栗君がいるので、サポートできます】

「あゆみさんは、どんなタイプのカメラに興味があるんですか？」

そのまま聞いた。セリフを言うような調子になってしまった。

あゆみは腕を組み、しばらく考えるような表情をした。

「う～ん。例えば猛吹雪に強いカメラとか、世界一の望遠レンズとか、そんなカメラはありますかね」

「当社に出入りしているカメラマンに相談して探してみましょう」

今度はアドリブで答えた。

腕時計がブルッと一度震える。

それでよしのサインだ。

「まぁ、嬉《うれ》しい。いい製品があったら、ぜひ教えてください」

「はい」

「浜川さんなら、お金に糸目はつけませんよね」

横から景子が顔を出して言う。

「私の方は松重さんが気に入りました。ここで立って飲んでいるのは疲れますから、ラウンジとかに移動しませんか。それとも松重さんは、私ではNGでしょうか」

あゆみがリーチを掛けてきた。

「NGなんてとんでもありません。光栄です」

松重はあゆみに向き直り、会釈した。

「マッチングですねっ。では私が、スカイラウンジの個室を手配してきます」

景子が笑顔を見せた。

あゆみがその顔に向かって言う。

「じゃぁ、私は、ちょっとお化粧を直してくるわ。松重さん、浮気心を起こさずに、ここで待っていてくださいね」

あゆみが周囲の女性たちに視線を這《は》わせながら、肩を竦《すく》めてみせる。

周囲には多くの着飾った女たちが、熱帯魚のように回遊している。

「目移りなどしませんよ」

ふたりの女が肩を並べてバンケットルームから出て行った。

——たぶん、次の場面で仕掛けてくる。

松重は、ポケットからサプリメントに見える錠剤を取り出した。ピンク色の錠剤だった。

アルコールに睡眠薬や催淫剤を仕掛けられても、正気でいられる錠剤だ。

「あの、その薬、一錠、譲ってもらえませんか」

いきなり近づいてきた男に声を掛けられた。

振り返りざま、松重は男をにらみつけた。

男は四十歳前に見える。

「いや、怪しいものではありません」

男は名刺を差し出してきた。陸上自衛隊の隊員だった。

名前は山口寛治《やまぐちかんじ》。

「今夜、あそこにいるモデルとやれそうなんですよ。やっぱ来た甲斐がありました。私はレギュラー会員なのに、モデルの方からリクエストが入ったって」

四角顔をくしゃくしゃにしている。

この錠剤をＥＤ防止薬だと思い込んでいるようだ。

案外こういう男が使える。

「条件がある」

松重は雪山書院の名刺を渡しながら、そういった。

自衛隊員は勘違いをした。

「あんまり釣り上げないでください。通常一錠五千円ですよね。一万円出します」

松重は男の耳元に囁《ささや》いた。

「ただでやる。だが、そのモデルを連れて、スカイラウンジに来い。きっかり三十分後だ。そこで、ウエイターに伝えて俺を呼び出せ。そのとき、モデルを完全に落とす方法を教えてやる」

「まじっすか？」

自衛隊員も声を潜めた。

「マジだ」

松重はさらに声を潜めた。

声は低いほど信憑性《しんぴょうせい》が増す。大きいほど嘘《うそ》くさく聞こえてしまう。そんなものだ。

「必ず行きます」

そこに景子が呼びに来た。

「お待たせしましたぁ。私がご案内します」

「あゆみさんは？」

「お化粧室から、直接、スカイラウンジに向かいました」

にっこり笑った景子の顔が女狐《めぎつね》に見えた。

「よろしくお願いします」

松重は、景子に従った。

立ち去る瞬間、自衛隊員に軽く目を瞑《つぶ》って見せる。

自衛隊は目で頷いた。

このパーティは、要するに顔見世の売春斡旋現場だ。

叩き潰してやる。

3

三十二階のスカイラウンジに向かうエレベーターの箱の中で、景子とふたりきりになった。

「正直に言うと、俺は、北沢さんの方に興味がある」

松重はジャブを入れた。

「何を言っているんですか、あんな素敵な女性から気に入られたというのに」

「俺は、地に足がついた生き方しかできない。雲の上の女より、普通に汗を流して働いている人が好きだ。あなたみたいにね」

自分で言っていて、気持ちが悪くなった。これも洋子からの指示だった。

「スタッフは、お客様とそういう会話は出来ない決まりです」

景子は襟の社員バッジに手を掛けた。

おそらくマイクが隠されている。

誰が聞いている？　野津《や》か、それとも黒幕の真田か？

「でしたら、俺、会員を止めますよ。今夜は、あゆみさんに恥をかかせてはいけないですから、お酒はお付き合いします。ですが、適当な時間になったら、失礼します」

いつでも逃げるための予防線を張っておく。

景子は社員バッジから手を離した。

「まぁ、そういわずに、成り行きに任せましょうよ。私の経験から言うと、松重さんは、幸運を目の前にして、ちょっと恐れをなしているんだと思います。お酒を飲んで、リラックスして、もっと言えば、少しぐらい淫らな気持ちなってしまえば、考えも変わります。その先は、運任せでいいです」

男心を誘導することに長《た》けている。

エレベーターの扉が開いた。

「でも、俺はやっぱり、北沢さんが好きだな」

尻に手を回して、やわやわと撫《な》でてみた。

景子の顔が赤く染まった。手を払われるかと思ったが、軽く体をくねらせるだけだ。マジ、こっちの女とやりたい。浜川あゆみより北沢景子だ。

エレベーターホールのすぐ左わきにスカイラウンジ「北ウイング」はあった。

景子に先導されて個室に入る。

「あらためて、よろしくお願いします」

あゆみはすでに到着しており、壁に沿ってL字形のソファに座っていた。座るとチャイナドレスのスリットがよけい切れ上がって見える。

「松重さんは、あゆみさんのお隣に」

景子に促され、隣に座る。

否《いや》が応でもスリットの間から太腿《ふともも》が目に飛び込んで来た。むちっ、としている。パンティのストリングがチラリと覗く。

くらっとなった。

エロ担刑事も三年目になると、真っ裸や性交場面は見慣れて来るが、このチラリと見える下着には弱い。

ちょっと勃《た》った。

目の前は嵌《は》め殺《ごろ》しのガラス窓だ。

先ほどのバンケットルームより遥《はる》かに高い位置にあるので、夜空しか見えなかった。というか宙に浮いている感じがした。

景子はコーナーに座った。ホステス役を担うようだ。景子の前に数本のボトルとクラッシュアイスの入ったアイスペイル、それにミネラルウォーターなどが並んでいる。

高級ボトルばかりだ。もっとも中には何が入っているか、わからない。

「何を召し上がりますか」

景子があゆみに聞いている。

「松重さん、ウイスキーでいいですか」

あゆみが松重の腕にバストを押し付けながら聞いてきた。弾力がある。

「もちろんです」

日ごろは焼酎か日本酒しか飲まない。ビール以外で琥珀《こはく》色をした酒を飲むのは久しぶりだった。

「ロックでいいですか」

景子が確認してきた。

「はい」

「ではこちらのロック用の氷にしましょう」

景子が傍らにある小型冷蔵庫から大きめの球体氷を取り出した。バーなどでよく見るものだ。その上に琥珀色の液体を注ぐ。

あゆみも同じものを受け取った。

「景子さんも、お好きなのをどうぞ」

あゆみが勧める。

「では、私はブランデーを」

景子はブランデーグラスを取り、テーブル上にあったアイスペイルからクラッシュアイスを入れた。バカラのボトルからブランデーを注ぐ。

乾杯した。

しばらくたわいもない話をつづけた。

松重はわざとピッチを上げて飲んだ。景子が、すかさずグラスにウイスキーを注ぎ足してくる。あゆみと景子はさほど飲んでいない。

さぁ、酔わせてどうする。

あゆみがしなだれかかって来た。チャイナドレスが乱れて、スリットがさらに広がって見える。ちらりと極小の股布が覗けた。

「なんかエッチな気分よ」

いいながら唇を舐《な》める。

「なんか俺もそんな気分になって来た」

松重は、あゆみの太腿に軽く手を置き、景子の方を見た。

「私、ちょっと下を見てきます。マッチングしたお客様同士のアフターケアをしなければならないんです」

ホテルの部屋に押し込む作業だろう。

気を利かせるそぶりで立ち上がる。

ちょうどそこで、個室の扉がノックされた。黒服のボーイが現れた。

「松重さん。あちらに山口さんが、お見えです」

「おぉ。彼ひとり？」

「いいえ、女性と一緒です」

「それは、やったぁ」

松重は大仰に目を剝《む》いて見せた。もともと目は大きい方なので、剝くと漫画みたいな顔になる。

あゆみと景子の方を振りかえって言った。

「さっきパーティの時に知り合ったのですが、彼が目指す彼女とマッチできたら、俺が乾杯しようと約束していたんです。ほんのちょっと待っててください」

松重は、ふたりが答えるのを待たずに、個室を飛び出した。乾杯用にウイスキーグラスを持ったまま出た。

フロア席は半分ほど埋まっていた。生ピアノの演奏中だった。スローなジャズを奏でていた。

案内するボーイに、手持ちのグラスを見せた。

「これと同じものをふたつ持って来てくれ」

「畏《かしこ》まりました」

窓を見おろすカップルソファに山口は彼女と並んで座っていた。相手はいかにもスケベそうな顔をした女だった。

「マッチングおめでとう」

「ありがとうございいます」

立ち上がり頭を下げる山口の背広のポケットに、錠剤が四錠並んだシートを挿し込んだ。

「じわじわと効いてくる。ここで三十分ぐらいは飲んでいた方がいい」

ボーイがウイスキーのオンザロックをふたつ運んできた。松重はトレイごと受け取った。自分が持っていたロックグラスも載せる。

「一杯だけだが、奢《おご》るよ」

ロックグラスをローテーブルに並べた。もともと、自分が持っていたグラスをモデルの女の前に置く。松重は新しいグラスを取った。

「カンパーイ」

三人でパチンとグラスを合わせた。

「では、僕は行くよ。ふたりにとって最高な夜になることを祈る」

「ありがとうございます」

と、山口。

「なんか、超ハッピーな気分」

スケベそうな顔をした女が、円い氷の表面を舐めながら笑った。

すかさず松重は山口の耳元で囁いた。

「あの氷が溶けるまで、ウイスキーを少しずつ足してやれ。彼女が飲もうが飲むまいが、氷が溶けるのを待て。それから、ベッドにゴーだ」

そう言ってふたりから離れた。

4

「いやんっ、そんなに右の乳首ばかり舐められたら、左が欲求不満になっちゃう」

ソファの上で浜川あゆみがのたうった。

テーブルの上に置いてあったロックグラスの氷が半分ほど溶けていた。

松重はひたすら右の乳首だけを舐め続けた。左は絶対舐めない。

北沢景子はすでに、バンケットルームに戻っていた。

チャイナドレスの上半身を脱がせ、松重は右乳首にむしゃぶりついていた。下半身にはまだドレスが絡みついているが、太腿も股間も露《あら》わになっていた。

「あぁ、もう右はいいから、左を……」

せり上げた左バストのうえで乳首がしこり切っていた。乳暈《にゅううん》も縮小して、粒を浮かべている。

そこに松重は息を吹きかけた。

ふう〜っ。

「あぁあああぁ」

ひと息、掛けただけで、あゆみは腰を思い切り浮かせた。

チャイナドレスが股間の谷間に垂れさがる。

眉間に皺を寄せた顔を眺めながら、再び右の乳首を舐めてやる。

——尋問舐め。

松重はこう呼んでいる。

焦《じ》らせて、焦らせて、口を割らせる。歌舞伎町のぼったくりピンサロ嬢から教わった手口だ。

「あふっ、いやんっ、そんな片一方だけを責め続けられたら、私気が狂っちゃう」

狂え、狂え。

あゆみが松重の股間に手を伸ばしてきた。

背広ズボンの上から陰嚢《いんのう》や肉棹《にくざお》を撫でまわしてくる。松重は半勃起だった。

好きにさせる。

すぐにファスナーを開けられた。

「ああぁん。おかしいわ、私だけ淫乱になるなんて」

いいながらトランクスの前穴から指を潜り込ませてきた。亀頭の裏側に親指を這わせて来る。ちょっとだけ先走り液を溢《こぼ》していた。

あゆみがその液を伸ばすように三角地帯を摩擦してくる。

——ぬるぬるして気持ちいい。

ちょっと負けそうになったので、左の乳首にまた息を吹きかけてやる。

「あぁああああ」

氷に含まれた催淫剤が効き出しているのだろう。ほんのわずかな刺激にも、あゆみは過敏に反応している。

景子は、あゆみにも催淫剤を食わせた、ということだ。おそらくよりリアルな演技をさせるためだろう。

策士、策に溺れるとはこのことだ。

景子の立てた淫略が、逆に松重には好都合となった。

ズボンのベルトを緩め、みずから肉棹を取り出した。催淫剤など用いなくてもサラミソーセージのような色と硬度になっている。

ただし、欲望は自分の支配下にある。脳は冷静だった。

目の前のあゆみの方は、もはや自分の意思では、性欲を押さえられなくなっているように見えた。

あゆみの手を取り、棹の胴部を握らせた。筋が張っている。

「あぁああ。これ熱い」

あゆみは目を潤ませた。

「舐めたくないか」

取調室で「かつ丼でも食うか？」と聞くような調子で聞いた。尋問では利益誘導は禁止だが、潜入捜査ではありだ。

「舐めたい……」

「聞きたいことがある」

あゆみの左乳首の乳暈だけをなぞりながら言った。

「な、なんですか……こんなときに……あんっ、そっちのおっぱいも摘《つ》まんでっ」

あゆみはさかんに男根を扱《しご》いてくる。

「あゆみさん、あんた、なんでカメラに興味がある?」

「えっ?」

あゆみの目が泳いだ。

松重は、この機を逃さず。左の乳首をぎゅっと潰した。

さんざん焦らした後の潰しは、百倍効く。

「あぁあああああああ、いくぅうう」

頭を後ろにそらして、あゆみは歓喜の声を上げた。絶頂を迎えそうな寸前で、乳首から指をぱっと離す。

「はうぅううう」

あゆみが唇を噛んだ。

瞳に怒気が浮かんでいる。陰茎だけはしっかり握っていた。

「……コレクターなのよ」

「へぇ～」

言いながら、今度は右乳首を抓《つね》った。

「あぁっ」

右を弄《いじ》ると、さらに左が過敏になる。あゆみは陰茎を握る手を上下に動かした。

「真田佳昭って男を知らないかね？」

「あなた、いったい何者なの」

あゆみの目が光った、淫乱とは別な光だ。

「真田を知っているみたいだな」

松重は、陰茎を握るあゆみの手を払いのけた。

「あぁああ」

物欲しそうな視線を向けてくる。

ここが勝負ところだ。

松重はいきなりチャイナドレスの裾をまくり上げた。

「ああんっ」

シルキーホワイトのパンティが露わになる。

左右の腰骨にストリングスの結び目がついている。松重はすかさず片側を解いた。股布がはらりと落ちた。漆黒の陰毛が見えた。

「いやっ、ふあぁ」

あゆみは、抵抗しない。それよりも、その女の中心部分を触って欲しいとばかりに、尻をくねらせている。

「あんた真田から何を買っている?」

「な、何も買ってなんかいない」

そう言うあゆみの顔の前に、サラミソーセージを突き出した。パールピンクのカラーを塗った唇が近づいてくる。

松重は腰を半転させて、肉棹の胴体で、あゆみの頰を張った。

ちんちんビンタだ。

「俺を舐めるんじゃない」

言って、駄洒落《だじゃれ》になったと気付いた。笑うに笑えない状況だった。

「舐めたいっ」

あゆみはヒステリックに叫んだ。

不毛の問答だ。

肝心なことに話を戻す。

「高感度カメラを何に使う。真田からもその手の製品を買い取っているんじゃないか？」

調書を取る際のように、こちらで作った構図をぶつけてみた。

「そんなことぜんぜん知らないっ、あっ、いやんっ」

まんぐり返しにしてやった。

眼下に、女の秘唇が曝《さら》される。

肉扉が半開きになっている。隙間から糊《のり》のような粘液がはみ出していた。

「あんたが、やばい製品の仲介役になっているのは知っているんだ」

誘導した。

やばい製品には間違いないだろう。それが何か？

——喋《しゃべ》れっ。

そう念じて、クリトリスに唾を吐いた。

「ぁあああっ」

瞬間的にあゆみの眼が光った。脳を淫気に包まれながらも、必死で正気を保とうとしている顔だ。

「あゆみさん、あんた工作員だね」

追い詰めてやる。松重は意地になった。もう一滴落とす。

「うっ。あなた、何、言う……」

「ここむずむずしているんだろう」

松重は、あゆみの肉扉に逆Vの字に指を這わせ、ぬるっと開いてやった。

女の秘部のすべてが曝される。中はぐちゃぐちゃだった。じっと覗いた。

「いやっ」

催淫剤が回っていると、触られるよりも、挿入されるよりも、局部を凝視された方が、淫気を拡大させられる。

「あぁあ、クリの頭を突いてよっ」

「話せば、楽になるぞ」

開いた小陰唇に向かって言った。花びらが、くねくねと揺れた。

クリトリスの包皮を思い切り剝いた。ピンクの尖《とが》りがにょきりと顔を出す。

「本当に私は具体的なことは知らない。あなた……そこ、だめよ……敏感過ぎるとこね」

あゆみの日本語があやふやになった。

「中国人旅行客に何を運ばせている」

剝きだしたクリトリスに息を吹きかけた。

「あぁあああああああああああ。本当に知らないってばっ」

「舐めてもらいたかったら、言えよ」

「私は、ただ中国人観光客を手配するだけ。すべて景子から指示が来る。リーダーは景子」

思わず指が滑った。

「あぁああ、クリトリスから指を離さないで」

放置した。

「あんたは、工作員だな」

尋問内容を、いったん切り替える。

ハート形の小陰唇を伸ばしながら、もう一度聞く。

「違う。上海赤蛇頭に脅されているだけ。私、上海にいたとき、仮想通貨で儲《もう》けていた。ところが、中国では仮想通貨いきなり禁止になった。私、破産しそうになったよ。そのとき上海赤蛇頭から、日本の札幌で不動産を買うように勧められた。そうしたら、仮想通貨の利益換金してやると……」

「信じてやろう。それでいまは真田実業とはどういう関係だ」

「上海赤蛇頭と真田実業は、連合を組んでいる」

松重は、再びクリトリスを剝き出し、皮を上下させてやった。

「あっ、あんっ、気持ちいい」

あゆみの脳みそを桃色に染めながら、聞く。

「真田実業と上海赤蛇頭が組んで、これから何をしようというんだね？」

「アジアでの権益を拡大する」

「工作活動じゃないのか？」

「あなた、遅れているよ。犯罪に政治とか国の体制とか関係ないよ。儲かること誰でもやる。喧嘩《けんか》の一番強い人が天下を取る」

悪の原則を、クリトリスの皮を上げ下げしながら聞かされるとは思わなかった。

あゆみの言っていることは、ある意味理にかなっている。

「国同士は争っているように見えてもアメリカとロシアのマフィアはすでに手を組んでいるでしょ。凄《すご》い勢いで、アジアにも攻め込んできているわ。いまのままじゃ、アメリカとロシアに世界の犯罪組織は飲み込まれちゃう。だから中国と日本でアジア連合を模索している。ここでは、韓国、北朝鮮も連携している……」

「なんてこった」

松重は唸《うな》った。犯罪者集団のほうが先に進んでいる。

日本政府が、圧力などと叫んでいる間に、闇ではしっかり新たな秩序が整えられようとしているのだ。

犯罪集団は利害が合致すれば、素早く結びつく。

思想、モラル、国家体制、それらの縛りをすべて蹴とばして、一足飛びに己の利益だけを取ろうとするのだ。

「世界を動かしているのは政治家じゃないわ。マフィアよ」

ぐうの音も出なかった。

「景子は、どういう役目だ」

とにかくあゆみの包皮を上下させる。

「あぁああぁ、あの人は真田の娘……すべての指示は彼女が出してくる。ぁあぁ」

なんだと？

「ノースエージェンシーの野津は？」

「景子の操り人形」

見立てが逆さまだった。

しゅっ、しゅっ、と皮を上げ下げする。

化けの皮を剝いている気分になった。

「むむっ、ひょっ、わっ、んんんんん」

あゆみが暴れ出した。釣り上げたばかりの大魚のような動きだ。

抑え込むのが厄介になってきた。

おおむね聞き出せたと思う。

そろそろとどめを刺したい。

松重は、腕時計を見た。

文字が流れた。

【これからいま彼女が言ったことの裏を取ります。北沢景子がポイントですね。ダークサイドウエッブで探りを入れます】

小栗からだ。

見えてきた。ただし、まだ完璧ではない。

あゆみのほうを向いて言った。

この言葉は性安課全員が聞いている。

「挿し込んでやる。五分で爆発させてやる」

腕時計を見た。すぐに小栗から返事があった。

【五分でいいですか？】

むっとして、腕時計の送信モードを停止にした。画像も音声も止める。

――五分間、俺は自由だ。

亀頭をあゆみの股間に向けた。ぬちゃっ。

「は、早く……」

腰を打ち返されそうになる。

「最後の質問だ」

「もう、質問なんか、いや……」

「次の取引はいつだ？」

聞きながらピンクの肉裂に亀頭を挿し込んだ。浅瀬で止める。

「んはっ」

あゆみの顔が桜色に染まる。

「いわなきゃ、戻す」

ずるっと抜いた。

「あぁあああ、明後日よ」

　雪まつり最終日だ。

　男根をまた押し戻す。今度は中ほどまで挿入した。亀頭の上側をGスポットに当てて止める。

「何を受け取る」

「雪爆弾」

「雪爆弾？」

「プラスチックよりも軽くて薄い。紙みたいな爆弾だって」

「前回、氷像の前で、取引したのはなんだ？　デイパックには何が入っていた？」

　Gスポットに尖りを突きつけた。

「うわわわぁ」

「何が入っていた？」

「スターサファイアⅢ。明後日もまた受け取る」

　――マジかよ。

　スターサファイアⅢはアメリカのフリアーシステムズ社製の、熱で対象を確認できる暗視カメラだ。

夜間戦を想定して米軍がヘリや偵察機に搭載する、まがうことなき軍用品だ。

真田はどうやって、そんなもの手に入れた？

「取引場所は？」

「同じ大通公園。雪まつり会場……おちんちんをもっと深く入れて」

あゆみの顔は蕩《とろ》け切っていた。

「何丁目だ？」

「そこまではわからない。いつも直前に指示が来る。時間もわからない。私は、そこに観光客をむかわせるだけ……ぁあああああああ」

亀頭をずいずい進ませた。子宮を思い切り叩く。

「うぁんっ」

あゆみが悶絶《もんぜつ》した。松重も、いよいよ淫気がこみ上げてきた。

律動させる。ぬぽっ、ぬぽっ、と粘膜同士が擦《こす》れる音がする。

徐々に速度をあげた。

「あぁあああああ、焦らされたから、すぐに昇《い》きそうっ」

あゆみが両手を背中に巻き付け、しがみついてくる。

松重は、ここでいきなり、棹を引き抜いた。鰓《えら》で膣肉《ちつにく》を抉《えぐ》りながら引き上げ、しゆぽんと抜く。

「うそっ」

あゆみが啞然《あぜん》とした顔になった。

松重は、その顔の前で、自分で擦った。白液がビュンっ、と飛ぶ。淫爆。

「ううう、なんで、自分で出すのよ」

うどんを被《かぶ》ったような顔のあゆみに、スマホを向けた。

容赦なく、シャッターを押す。

まだ精子もピュン、ピュン出ている。

「いいか、いまここで話したことを景子にバラしたら、この画像を全世界にばら撒《ま》く。上海赤蛇頭の仲介員の成れの果てとキャプションをつけてな」

あゆみの顔が強張《こわば》った。

精汁がだらだらと垂れている。

かすかに頷いたように見えた。

「黙っていたら、猛吹雪の中でも、対象にズームインできるカメラを売ってやる。もちろんそのレンズはマシンガンのスコープにも転用できる。そうすれば、あんたの上海赤蛇頭の細胞としての立場は守られる」

真っ白な精子を出した後に、真っ赤な嘘をついた。

「あなた、何をしている人？」

「真田のライバルのヤクザだ」

今度は黒い嘘。

「私に乗り換えろと」

「そういうことだ。景子のことは見切れ」

「そしたら、セックスしてくれるの？」

「いますぐここから逃げろ。明日中にこの国から離れて、報道を注視しろ。かならず俺からサインを送る」

「わかった」

言うと、あゆみは天井を見た。

「逃げないのか」

「とりあえず、オナニーで一回絶頂を見ないと、動けない。見ないで」

「わかった」

松重は、ズボンを引き上げ、個室を飛び出した。走りながら、腕時計のスイッチを入れる。

すぐに文字が流れた。

【松重さん、早打ちですね。まだ三分四十五秒です】

手首を口元に運んだ。叫ぶ。

「うるせぇ」

扉を開けるとフロアは騒然となっていた。

窓際のソファの方から、

「いやぁ」

「やめろっ」

「見るなっ」

「お客さまっ。ここはラウンジでございます」

という声が飛び交っていた。

松重は自衛官のいたソファに向かった。

バスタオルを持ったボーイがふたり、ソファの前で右往左往している。

「カレンちゃん、まずいよ。もう、みんな気づいちゃったから」

山口が泣きそうな声で叫んでいる。

その膝の上にカレンと呼ばれた女が跨《また》がっていた。対面座位。スカートで接合部分は隠されているが、肉を繋《つな》げているのは明らかだった。

「いやっ、抜くなんて無理っ」

カレンは山口の肩に顎を載せ、荒い息を吐きながら、腰を激しく振っていた。

「あぁあああああ、また昇くぅ」

歓声がラウンジ中に響いている。

「ボーイさん、すみません。二十四階の宴会場にいる、パーフェクトマッチングの北沢さんという人に連絡してください」

氷に混ざった催淫剤をくらったようだ。これで確信が持てた。

松重は、扉が開いていたエレベーターに飛び乗った。

二十四階まで五秒で降りた。

エレベーターの扉が開くと同時に松重は、再び腕時計に向かって叫んだ。

「小栗っ、やっちゃえっ」

廊下に立って、両耳を押さえて、十メートルほど先にあるパーティ会場の扉を見つめた。扉は開いたままだった。

ピカッと光った。ドーンという爆音。

直後に扉から飛び出してきた北沢景子が、松重を認める前に、床にがっくりと両膝を突いた。そのまま前に倒れる。

特殊閃光手榴弾《スタングレネード》をくらったらしい。

松重は駆け寄った。五分は起きない。黒いスーツスカートの中を覗《のぞ》いてみる。黒いパンストに白のパンティ。中心に染みがあった。

——悪党の司令塔でも、まんちょは濡《ぬ》れるんだ……。

そそられたが、まもなくホテルの警備員たちがやって来るだろうから、先に、会場内に飛び込んだ。

いずれ、この女の化けの皮を、大陰唇ごとひん剝いてやる。

気絶時間はほぼ五分だ。

数十人の男女が、あちこちに倒れている。スカートが翻り、下着が丸見えの女たちがやたら目に飛び込んで来た。なぜか、ノーパンの女もいる。

男たちも、股間を膨らませたまま倒れている。

氷像は台から落ちて、粉々に割れていた。

松重は台の下に隠したキャラメル箱《特殊閃光手榴弾》を取りだす。箱はやたら甘い香水の匂いを出していた。洋子が言っていた屁の臭いじゃない。

「小栗、遊ぶなっ」

腕時計に向かって、怒鳴った。

【それ、淫乱香です。爆音、閃光の三分前から匂いだけ出していました】

うっ。松重は片手で口と鼻を押さえた。

会場内の男女が淫らな状態で、転がっている理由はこれだ。

会場の一番隅の窓際で、抱き合うような形で倒れている男女がいた。接近して、真上から覗いてみた。熟女とホスト風。

男女の腕がクロスしている。手は双方の股間にめり込んでいた。

女はノーパン。

右の足首に赤いパンティが絡みついている。

男の股間のファスナーが開き、中から肉棹が引き出されていた。女がその胴体を握っている。

「小栗、マスコミにはチクってあるよな」

【もちろんです。ロビーに待機していた大手通信社の支局員と地元新聞社がいまエレベーターに乗りこみました】

松重は、すぐにこの場所を離れることにした。

廊下に出ると、従業員と警備員が走って来るのが見えた。

「うぅう」

　松重は、口を押さえて、壁に寄りかかった。

　従業員のひとりが心配そうに肩を抱いてくれた。

「いったい何があったんですか」

「突然爆発音がして、光のようなものが四方に飛んだのですが、よくわかりません。火薬じゃないようです。炎も出ていません。ただこのパーティ、ちょっとおかしいです。私は、婚活のためのお見合パーティだと思ってきたのですが、どの女たちも、話しかけると、すぐラブホに行こうと言い出すんです」

　嘘八百を並べて焚《た》きつけた。

　従業員は驚いた顔をした。

「私は、不快なので帰ります」

　エレベーターにゆっくり向かった。エレベーターの扉が開くと、カメラを抱えた記者らしい男たちが、飛び出してくる。その後ろから茉莉も降りて来た。

　松重はすれ違いざまに聞いた。

「おまえは、どこに写真を売る気だ」

「真木さんが、北海道警の刑事部に送りつけろと」

「長居はするな」

「はい」

松重は、そのままエレベーターに乗りこんだ。

腹が減っていた。ここは『なまらうまっいしょ』に行って塩バターコーンラーメンを食うことにしよう。

ポール・ホワイトことイーサン・ブラウンの顔が見たくなった。

第五章　雪と踊れ

1

二月十一日。日曜日。午前九時。
捜査に休日はない。
雪山書院には、すでに性活安全課の面々が集まっていた。
「一面にでかでかと出ているわ」
洋子は地元有力紙「北勝《ほくと》タイムス」を広げ、満足げに笑った。
【売春パーティに爆音。札王《さつおう》プラザホテルで昨夜大騒動】
期待通りの大見出しが躍っていた。

大爆音と大閃光《せんこう》が発生し、多くの客が気絶したが、被害と言えば、氷像が割れたぐらいだ。大事には至っていない。

一見テロかと思わせて、警察とマスコミを驚かせ、その実、売春パーティを発覚させたのがミソだ。

洋子の考案だった。

マスコミは売春パーティにスポットを当てていた。

現場に陰部を曝《さら》している客が、多数倒れていたことや、スカイラウンジで公然性交をしてしまった自衛隊員の証言が大きかった。

逮捕を目的としない、いやがらせ捜査。これも性安課の捜査手法のひとつだ。

相手が一時的にせよ、売春活動が出来なくなれば、それだけで成功したと言える。

「これで、あの会社には、客が寄り付かなくなるわ」

洋子は松重の背中に向かって言った。松重は窓の外を眺めていた。

相変わらず札幌の空は白い。いまも粉雪が舞っていた。

その雪空を眺めていた松重が応じた。

「痛手を被《こうむ》ったのはパーフェクトマッチングだけじゃないですよ。あの場にいた若い男女の多くがノースエージェンシーのタレントだったことも書かれています。こちらの方が野津や景子としてもダメージが大きいですよ。枕タレントを食っていたテレビ局のプロデューサーたちも、今頃は、はらはらしていることでしょうな」

暴露の効果は大きな犯罪抑止に繋《つな》がる。

性安課としての任務は、ある程度達成したといえる。

洋子の本件に関する最大の目的は、茉莉の民間委託刑事としての登用だ。

「茉莉の登用を求める申請書を書くわ。松っさん、同意してくれますか」

洋子も窓辺に向かい、ふたり並んで、外の景色を眺めた。

「もちろんですよ」

松重が片笑みを浮かべている。

昨夜、松重から、雪まつり最終日である明日の、取引について聞かされていた。

雪爆弾とスターサファイアⅢが中国観光客の手に渡る……。

やはり公安と組対に引き継ぐべきだと思う。

性安課の八人で立ち向かうには大きすぎる事案であることは、もはやはっきりしている。

突然、パソコンに向かっていた小栗が声を張り上げた。

「北沢景子、本名真田景子は、闇サイトで、軍需品の買い付けをやっています」

「いよいよ、本性が見えて来たな」

松重が顎を撫《な》でた。

「あの女の履歴は？」

小栗がせわしくキーボードを叩《たた》いた。

洋子は窓際に寄りかかったまま、報告を待った。

「一九八六年生まれ。真田佳昭とススキノの中国人ホステスの間に生まれています。当時真田佳昭は四十一歳。まだ鯨神会にいた頃です」

「ハーフで、今年三十二歳か……」

松重は外をむいたままだ。視線を落として、ビルの前の車道を眺めている。父親の真田佳昭は七十三歳ということか。

小栗が続ける。全員が耳を傾けていた。

「景子は、五歳までススキノで育ちましたが、その後シドニーに留学しています」

松重の眉がピクリと動いたように見えた。

「当時のヤクザの子息はたいてい留学していますね」

日本では、後ろ指を指されやすく、逆に若い頃から海外で暮らせば、国際的な人脈を築くのに役立つ。

「シドニーというのが気になる」

松重に顔を覗《のぞ》き込まれた。

「何よ……松っさん」

「ラーメン屋のポール君もオーストラリア人だと言っていた」

「さすがに、ポール君はくっつかないでしょう」

思わず、金髪ブルーアイズのポール・ホワイトの笑顔が浮かんだ。

「いや、少し気になります。先日、またあのラーメン屋に行って彼と会ってきました。ポール君、本名をイーサン・ブラウンと言うそうです」

松重が、顎に手をあててそう言った。あきらかに疑念を持っている目をしている。

「ポールじゃなくてイーサン？」

洋子は念を押した。たしかに何か引っかかる。

「そうです。オーストラリアでは、イーサンは人気のあるファーストネームだそうです。日本ではなじみが薄いので、ポールと名乗っていると言っていました」

そこで指原茉莉がいきなり声を上げた。

「『イサン』という韓国ドラマがありますよ。家族関係が複雑なドラマ」

茉莉は韓流ドラマファンなのだ。

「小栗君、調べて。北スポ大のポール・ホワイトは何者？」

洋子はすぐに指示を出した。

「わかりました」

小栗が、キーボードを叩いた。

直後、小栗の横でパソコンに向かっていた岡崎が声を上げた。

「スターサファイアⅢの出どころが、わかりました」

ドキリとした。

「どこから流れたの」

スターサファイアⅢは、製造元のアメリカですら転売や廃棄の際には国務省の許可が義務付けられている暗視カメラだ。

「おそらく国土交通省の災害ヘリに搭載されていたものです」

「なんで、札幌の解体屋に回ってきたの」

「昨年、ヘリの装備更新の際に、新商品を納入した商社が廃品として回収して、その商社の下請け産廃業者が破砕証明書を提出しています」

「でも破砕されていなかったのね」

「はいこの産廃業者は、埼玉のリサイクル業者に流していました。たったの五万です。それを、真田景子が闇サイトで引き取っています。仮想通貨決済です。五十万相当……先週、大通公園でスターサファイアⅢの入ったデイパックを埼玉の業者から受け取ったのですよ」

ようやく合点がいった。上海赤蛇頭や北朝鮮に売れば、おそらく二百五十万円になる代物だ

洋子は岡崎に聞いた。

「中国としては、やはり米軍の技術は確認しておきたいのかしら」

「この場合、そうとは限りません。単純に中東のテロリストにさらに高額で売却しようという魂胆でしょう」

そういうことか。

昨夜、松重から、滔々《とうとう》と話を聞かされたばかりだ。

これは国家間の謀略ではなく、犯罪組織同士の覇権争いであり、単純な武器ビジネスである可能性が高い。

「ポール・ホワイトの素性が出ました……アンダーグラウンドウエッブに出ています」

キーボードに向かっていた小栗の声が震えていた。顔色が悪い。

「本名イーサン・ブラウン。れっきとした北の諜報員《エージェント》です」

「オーストラリ人なんでしょ」

洋子は、おもわず声を荒げた。

「はい、オーストラリア国籍を有していることに間違いはありませんが……貿易会社に勤める父親の都合上、イーサンは八歳から十二歳までをソウル、十三歳から十五歳まではクアラルンプールで過ごしています」

「つまりソウルで朝鮮語を学び、諜報員の交差点と呼ばれるクアラルンプールにも住んでいたということだ」

松重が口を挟んできた。

「クアラルンプール時代の同級生に北の諜報員の子女がいたということですかね？」

洋子が聞いた。今度は岡崎が捕捉してくれた。

「北は自由に往来できる国では、可能な限り外国人エージェントのスカウトと育成をやっています。外交官や国営貿易会社の社員の子女を使って、幼少期から利用できる存在に育て上げているのです。子女といっても実子とは限りません。北で海外に出られる子供というのは、その時点で立派な幼年工作員ですから。イーサンは朝鮮語が堪能な状態でクアラルンプールに行ったのですから、北が見逃すはずがありません。おそらく、父親も、北の貿易商として、北の代理人役を果たしていたのではないでしょうか」

さすが、もと公安外事課の岡崎だ。キーボードを操作して、アンダーグラウンドウエッブを探っていた小栗が、再び唸る。

「さらに繋がりました。真田景子は五歳でシドニーの日本人一家に預けられ、十八歳までその家で育っていますが、この家の隣家がイーサン・ブラウンの実家です。ちなみに、景子が預けられた日本人一家というのは、現地でガンショップを営む、鯨神会系の企業舎弟です」

「北の工作員一家と日本のヤクザが隣同士だったって、笑えない話だわね」

洋子は肩を竦めて、窓の下の風景を眺めた。

ビルの真下に宅配便会社のトラックがやって来た。

東京でよく見かける業者とは違う車だった。

ボディに黒クマのマーク。道内業者らしい。

助手席から黒いジャンパーに毛糸の帽子を被《かぶ》った男が降りてくる。手に段ボール箱を三個抱えていた。世界最大の通販会社のマーク入りの箱だ。

日曜日なので、このビルにある他の会社はすべて閉まっている。

——日付指定はしなかったのかしら？

洋子は首を傾《かし》げた。

他人のことだから、どうでもいい。

「昨夜のパーティでテロの可能性をもっと匂わせておくという手もありましたね。小型爆弾でも仕掛けておいたら、一気に公安か組対の事案になった」

松重が言う。

「まぁ、そうですね……」

宅配便の男が、ビルのエントランスに消えた。すぐに出てきた。手にしていた荷物がない。

このビルに宅配ボックスはない。

——不在じゃないってこと？

洋子はぼんやりと、そんなふうに思った。

「あの運転手……」

松重が窓に額をつけて、宅配トラックに目を凝らしていた。

助手席の扉が開き、毛糸の帽子を被った男が乗りこもうとしたとき、運転席が見えた。

「あっ」

洋子が叫んだ。

市川だ。一度目は玉ハグをし、二度目は頬に踵《かかと》をめり込ませた、あの巨体の男だ。

その瞬間、ビルのエントランスが光った。真っ赤な火花と黒煙が上がる。

「こいつは、本物の爆弾だ」

松重が、飛び出す。相川が続いた。洋子は叫んだ。

「他の人は、すぐに動かないで。待機して現状把握」

2

「エレベーターホールの前に置かれていました」

松重は、相川と共に、段ボールの破片を集め、ゴミ袋に詰め込み四階に戻った。

組対課《マルボウ》時代は、よくこうやって爆弾の処理をしたものだ。歌舞伎町では、日常茶飯事のことだ。

火薬量は少ない手製の小型爆弾。

ヤクザがミカジメ料を拒否した店や、逃げまくる債務者を威嚇するために使うレベルのものだ。

「でこの封筒が」

一階の郵便受けに張り付けられていたB5サイズのマニラ封筒を差し出した。

「松っさんが、開けてくれない？」

課長の洋子が、へっぴり腰になっている。当然だ。開けた瞬間にドカンということもある。

松重は、腕を伸ばしながら、ガムテープの封を剝がした。

開封する。

「ドカンッ」

口で言ってやった。

全員、机の下に屈み込んだ。

「ただの手紙です」

「いい加減にしてください」

洋子に窘《たしな》められた。

「読みます」

【昨夜は、パーティをめちゃくちゃにしてくれてありがとう。みなさん、覚悟してくださいね。雪山書院さん、全員、こうなっちゃいますから】

浜川あゆみが、真っ裸で、人の形に掘られた雪の穴に埋められている写真が添えられていた。荒巻鮭《あらまきざけ》のように見えた。

「逃げきれなかったようだな」

と、松重。

「もはやエロ事案じゃないですね」

小栗が額に手を当てている。

「ですね。いますぐ久保田さんに電話をいれます。みなさんは、荷物をまとめてください。撤収します」

課長がスマホを取った。

不完全燃焼ではあるがここまでだ。

松重は机の下から、ボストンバッグを取り出し、小物を詰め込み始めた。

借りたマンションはそのまま次の潜入捜査官に引き継がれるので、戻る必要はない。鍵をこの部屋においていくだけでいい。明日から、また日ごろの待機要員がこの会社にやってくることになるだろう。すべては彼らが引き受けるのだ。

「えぇえぇ。それって長官判断ですか」

洋子が自席で悲鳴を上げている。

見ると、全員に向けて、下に向けた手のひらを盛んに振っている。

待て、待って、と言っているように見える。

松重は、片づける手を止めた。

「嘘《うそ》でしょう。うちがやるんですか……」

スマホに向かってそう言っている洋子の声に全員、手を止めた。

「マジ、それでいいんですか。公安も組対もむくれませんか？」

どういう指示だ？

松重は目を剝《む》いた。

剝かなくても大きな目だが、剝くと歌舞伎の睨《にら》みに近くなる。

その目で、洋子を見た。洋子は視線を外した。

「木《こ》っ端微塵《ぱみじん》にするだけでいいんですね」

洋子が東京の久保田に念を押している。

――面白そうになってきた。

松重は、内心ほくそえんだ。

他のメンバーの動きを確認すると、全員、荷物を戻し始めていた。気持ちは同じらしい。

小栗に至っては、早くも空の手榴弾《しゅりゅうだん》がヤマのように詰め込まれた木箱を取り出し、キャップをあけて火薬みたいなものを詰め込み始めていた。

「おまえ、今度は何を作る」

「熱湯弾っす。音も光も出ます」

「熱湯が飛び散るのか？」

「そうです。茶色の熱湯が飛び散ります」

「臭いは？」

「馬糞《ばふん》臭……」

「おまえ、本当に嫌な性格だな」

「相手が嫌なことは何か、と考えているだけです。これを詰めた別ヴァージョンも作製します。北スポ大の工学部より、僕の方が凄いというところ、見せてやります」

小栗がガッツポーズした。

「みなさーん。聞いてください」

課長の真木洋子の声が裏返った。高揚しちゃっているようだ。

「この事案、うちがやります。ただし、逮捕する必要はありません。取引現場をめちゃくちゃにすれば、それでいいそうです」

——マジかよ。松重は、またまた目を剝いた。

「それって、警察のあるべき姿でしょうか?」

さすがにキャリアの岡崎が確認している。

「テロ対策の予防になるわ。そこから先は専門捜査部門が挙げればいいのよ。長官の判断は、平昌オリンピックの最中に、雪爆弾とかスターサファイアⅢが、上海赤蛇頭に渡るのはまずいって。韓国に持ち込まれると、北に渡っちゃう可能性があるから」

「なるほど」

「ということで、朝から、大通公園に張り込みます」

洋子のスマホがまた鳴った。

「あらら」

液晶を覗いた顔を顰《しか》めている。

「どうしました」

「これ……」

メール画面を見せられた。

【さらわれました……おおやま】

札幌ＡＢＣテレビの大山だ。

「いまさらこんな男のことは、どうでもいいんじゃないですかね」

「エロプロデューサーですけど、どうにかしましょう」

3

二月十二日。月曜日。

さっぽろ雪まつり最終日だ。

すでに、とっぷりと日が暮れている。

建国記念の日の振替休日とあって、朝から大通公園はごった返していた。

性安課のメンバーはほぼ一日中、張り込みをしていた。

すでに午後八時半。一週間にわたり開催されてきた雪まつりも、終了まで残すところ一時間三十分ほどだ。

どの雪像や氷像の前で取引が行われるのかわからない。ワゴン車の中で会場内のさまざまな防犯カメラの映像を盗み見しながら、ふたり一組になって、会場内を行き来した。

『うろうろ捜査』だ。

ストリート売春を取り締まる場合、ほぼ一日中、同じ道を、メンバーを入れ替えて行き来する。性安課はこうした捜査には慣れている。

大通公園会場は一方通行となっている。

西方向には北側通路を歩く。つまり札幌駅サイドだ。

東（テレビ塔）方向には南側通路を歩く。これはススキノサイドだ。

その間に雪像が展示されている。

洋子と松重は、西一丁目から、十丁目に向かって歩いていた。北側通路だ。

もう三時間になる。

三時間前はこの道を、石黒里美と新垣唯子が担当していた。ふたりはいま、札幌市資料館付近に停《と》めたワゴン車の中で待機していた。

北側と南側をふたり一組で回る。南側サイドは現在、相川翔太に指原茉莉をつけている。茉莉を捜査に初参加させて、さらに実績を上げさせるためだ。

歩行捜査組は、全員サングラスを掛けていた。

見た映像がそのまま、ワゴン車のモニターに飛ぶ仕組みだ。

ワゴン車では、小栗がコントロール役になっている。岡崎が補佐役だ。

性安課では、武闘班を松重と相川。頭脳班を小栗と岡崎。囮《おとり》班を上原と新垣が担っている。少数ながらいちおう役割は決まっていた。

だがひとたび修羅場となれば、全員が手錠を持って対象に迫る。

「雪中行軍みたいですね」

「ですな」

西八丁目の大雪像「奈良・薬師寺《やくしじ》　大講堂」の前を歩いていた。

アイスブロック工法という独自の技術で精密に再現されている。延べ三千八百人の自衛隊員が、二十八日間かけて制作したという。

「彼女だ」

松重が足を止めた。

「えっ」

「向こうから歩いてくるのが、浜川あゆみだ」

赤いカシミアのコートを着た女が、男と腕を組んで歩いてくる。

洋子は驚いた。

「一緒に歩いているのは、大山よ」

人質を解放する気か？

あゆみと大山たちも、洋子たちを認めている。

両サイドの道から、互いに大雪像の方へと入った。

カップル同士で薬師寺の前で向かい合わせになった。

あゆみが、コートの前を瞬間的に開いた。

下半身はパンティストッキングを穿《は》いているだけだった。

股間にピンクローターが装着されている。遠隔操作リモコンのようだ。そのほか腰の周りにも数本のローターがガムテープで固定されていた。

「冷凍の標本になっていなくてよかった。気持ちよさそうじゃないか」

松重があゆみに言った。

「これ、ローターじゃない。爆弾。いつ、スイッチ押されるかわからないよ」

声が震えていた。

どこかで、このふたりは見張られているということだ。

「僕もなんです」

大山が黒のコートをあゆみと同じように一瞬だけ、開いて閉じた。

こちらは、ちゃんとズボンを穿いていた。

しかし、その股間から、男のシンボルだけが引き出されている。肉茎の胴体に鉛筆のようなエナメルの棒が二本巻き付けられている。

「これペンシル型爆弾です」

「勃起したら爆発するとか？」

「そこまでは聞いていません」

「お願い、私に発情しないで」

「命がけなんです。そんな余裕はありません」

大山の縁なし眼鏡《めがね》の奥の目が潤んでいる。

洋子は、アヒルのように唇を窄《すぼ》めたり、腰を振ったりしてみせた。松重に「やめなさい」と言われた。

「で、なんか伝言をしに来たんだろう」

松重が大山に聞いた。股間の辺りを眺めて、憐《あわ》れむような表情をした。

「景子から、ショーはまつりが終了してからになるので、いまからうろつく必要はない、と伝えるように言われました」

こちらの動きを把握しているようだ。

「ショー？」

松重があゆみのほうへ聞いた。

「真田実業で、製作した爆弾の実験をやるって。大雪像が一発で吹っ飛ぶところを、クライアントに見せるって」

「クライアント？」

「僕たちには、それがどんな人たちなのかなんて、わかりませんよ」

「承知したと言え。雪まつりの終了は午後十時だ。そのあとということだな」

松重がポケットから缶コーヒーを二本取り出した。

「持っていくか？」

「何か渡されても、受け取るなと言われています」

大山が首を振った。

「GPSを疑われているのさ。せめてここで飲むといい」

「私はいただく。コートの下はパンストだけだから、寒くて」

「では僕も」

ふたりはそれぞれ二口ほど飲んだ。胃袋に落ちればそれでOKだ。

「必ず、助けてあげるわ。もう少し辛抱して」

洋子は言った。根拠はまるでない。

「あなた、出版社の人じゃなかったんですね」

大山に聞かれた。

「彼らはなんて言っていました？」

「関西のヤクザだって……」

「そう、バレたわね」

松重の大法螺《おおぼら》がそのまま伝わったのか？

洋子はポーカーフェイスを装った。

ふたりは、テレビ塔側に向かう道に戻っていった。

「なぜ、私たちにそんな情報を与えたのでしょう」

「おびき出して、一緒にぶっ飛ばす気でしょう」

「なんのために？」

「関西のヤクザがうざいからです」

松重は、涼しそうに笑った。

この男がこういう顔をした場合は、ある程度筋が読めたときだ。

「ねぇ、教えてよ」

「一昨日、俺は、口から出まかせで、あゆみに言ったんですが、たぶん、奴《やつ》らは、本気で俺らのことを道外のヤクザだと思い込んでいますね……それも最初から、そう見込んで喧嘩《けんか》を仕掛けてきたような気がしてならないんです」

「最初から？」

「いえ、まだ、はっきりしません。ただ、もうひとり脚本家がいるんじゃないかと」

松重が空を見上げている。

完璧に納得するまで、途中でヨミを語らない性格の男だ。

洋子は待つことにした。

「ところで、あのふたりにつけられていた、爆弾は本物かしら」

これも気になっていたことだ。

「映画やテレビドラマじゃないんですから本物なわけがないでしょ」

「ですよね」

洋子もそう考えていた。だから挑発してみたのだ。

「真田や景子が、この場面で、爆発を起こさせるなんて、無意味です。おそらくあのふたりは、実際に爆発する同じタイプの本物を見せられて、フェイク品を巻きつけられたんだと思います。ヤクザは脅しにかけては天下一品です」

「さすがですね」

ふたりで、札幌市資料館付近に停めてあるワゴン車に戻ることにした。

4

「奴らは、どこに戻った」

ワゴン車に乗りこむなり、松重は聞いた。

すかさずモニターを見ていた小栗が答える。ワゴン車の中はテレビの中継車のように液晶モニターが並べ立てられていた
「テレビ塔です」

あちこちの防犯カメラの映像に、小栗は入り込んでいるのだ。

「ずいぶんとベタな場所にいるな」

「ノースエージェンシーが二階の貸しホールのひとつを借りてパーティをしているようです」

隅田川《すみだがわ》の花火大会を屋形船で楽しむ趣向のようだ。

「たいそうな雪見の宴だな」

テレビ塔では二階といっても、近辺のビルの高さでいえば、五階に当たる位置だ。高倍率の双眼鏡があれば、ある程度会場は見渡せる。

さらに地上九十メートルの展望台へ上がれば、大通公園のほぼ全域を文字通り展望出来ることになる。

敵はそこから、こちらの動きを監視していたということだ。

「一昨日《おととい》の夜、あんな騒ぎを起こした直後だ。マスコミや広告代理店相手に、詫《わ》び入れの意味も込めて、一席を設けたんだろう」

「なんか、癪《しゃく》に障りますね」

亜矢が車窓からテレビ塔を見上げた。

男女が絡み合っているわけでもないだろうが、イルミネーションが揺れて見えた。

「いやがらせでも、してくるか?」

松重は呟《つぶや》いた。

「どうせ、私らのこと、ヤクザだと思っているのなら、殴り込みを掛けちゃうというのはどうかしら」

亜矢は手のひらの上で、小栗特製手榴弾を転がしていた。閃光と爆音と同時に、今度は馬糞の香りと共に、茶色の液体も飛び散るやつだ。

——最低の武器だ。

「昨日、こっちは爆弾仕掛けられたんだし、仕返ししたいですね。クソったれどもに、馬糞手榴弾をぶち込みましょう」

石黒里美も言っている。

「それにしてもマトをどうやって絞りましょう、松っさん？」

簡易カイロで手を温めていた洋子が聞いてきた。

「パーティホールに乗りこめば、どの雪像を爆破させる気なのか、見当がつくかもしれません」

そう答えた。

奴らは、花火大会でも見学するつもりで爆破を待っているはずだ。

「だったら、先手必勝ね」

「メンバーを選抜してください」

松重が代表して、洋子に申し出た。

「松っさんと私。それに亜矢と里美」

こうした特攻作戦の場合、上原亜矢の起用はてっぱんだった。走りながら、パンティを脱いで、みずから淫場に飛び込んでいくタイプだ。

洋子が、ここにきて石黒里美を抜擢《ばってき》したのは、おそらく元タレントだからだろう。芸能事務所とマスコミのいかがわしい酒席の場に飛び込ませれば、インパクトはある。

「私は補欠ですか?」

唯子が行きたそうな顔した。

「新垣さんは、ここで小栗君と岡崎君のサポートをして。会場内にどんな変化があるかわからないから」

「わかりました」

「ところで、相川と茉莉は、まだ会場内をうろうろしているのか?」

「はい。ふたりはいま、十一丁目にます」

小栗がすぐに、モニターに相川視点の茉莉を映し出した。サングラスを掛けた茉莉が、奇抜なデザインの小型雪像が居並ぶ広場を、歩いている。

一見散策しているように見えるが、ふたりは外国人観光客たちに目を光らせていた。

十二丁目は国際広場。

世界各国からやってきたチームが雪像制作を競い合っている場所だ。

「車に帰還させますか」

岡崎が聞いてきた。

「いやステイだ。動いている捜査員も必要だ。公園の東西に分かれることになるから、あのふたりは常に公園内でうろうろ捜査だ。その代わり、目を離すな」

「わかりました」

「テレビ塔に乗りこむぞ」

四人の特攻チームで西一丁目に向かった。

テレビ塔の真下の広場はスケートリンクになっていた。

イルミネーションの下、スケートを楽しむ客たちを眺めながら、エレベーターに乗った。

二階の貸しホールのフロアに降りた。この上の三階にはレストランや、土産物《みやげもの》店がある。

ホールは、全部で五室あった。

ひとつの扉に「ノースエージェンシー様」と書かれたプレートが差し込まれてい

た。

他の部屋には何も書かれていない。空室になっているようだ。

「私が、先に入って、中にカメラを置いてきます」

サングラスをヘアバンド風に頭に載せた石黒里美が言った。元タレント。しかもそこそこ売れていた。テレビ局関係者は驚くに違いない。

頭に載せたサングラスがカメラなのは、言うまでもない。

「気をつけて」

洋子が声をかけ、里美の肩を叩いた。

松重は、宴会を開いているホールの、すぐ隣にある別室の扉のノブを捻《ひね》ってみた。簡単に開いた。

亜矢が残りの部屋すべての扉を点検した。すべて開いた。

「ここで待機しよう」

松重は、宴会をしているホールの真横の部屋に入った。会議室としてもつかわれるのか、円卓テーブルが置かれていた。

洋子と亜矢が続いて来た。さすがに部屋の灯《あか》りはつけない。

「ゆっくり、観察できる」

松重がスマホを出した。他のふたりも同じものを取り出している。

すぐに、隣室の宴席の様子が飛び込んで来た。

西一丁目、札幌市資料館の近くに停めたワゴン車のモニターを経由して、里美のサングラスのレンズが捉えた映像が転送されているのだ。

里美はサングラスを額ではなく鼻にかけてややずり下げて歩いているようだった。画像がやや俯瞰《ふかん》気味に映し出されている。

こちらのホールとは異なり、中央に配置されたテーブルには、さまざまな料理と飲み物が並べられていた。室内の灯りはやや絞られているようだ。

公園を見下ろす窓の手前に、革張りのソファが並べられていた。嵌《は》め殺《ごろ》しの窓から、ライトアップされた雪まつりの様子が見えている。

ソファはすべて二人掛けだった。十席は並んでいる。

「やっぱ、フェラっていますね……」

画像を凝視していた亜矢が呻《うめ》いた。

雪まつりの幻想的な世界を前にした男たちが、そろいもそろって、後頭部や側頭部をソファの背もたれの上に載せていた。

ときおり、女の横顔が浮かび上がっては、また沈む。

どの女たちも髪の毛をアップに結わいていた。

男たちの両脚は大きく拡《ひろ》げられているに違いない。

「里美、ソファの前に回り込めないかな」

松重は、唸《うな》った。

「この様子だと、新たな女が増えても、わからないと思います。私も里美に合流します」

亜矢が扉の方へと向う。

「頼む。野津と景子の所在を探してくれ」

「わかりました。発見したら、私が野津を受け持っていいですか？」

「かまわんが……」

「女を食い物にしていた奴の、アソコをドカンとやってやります」

「任せた」

そう言って送り出す。

しばらくして、映像が二元になった。

松重のスマホに里美からの映像。洋子のスマホに亜矢視点の映像が現れた。テーブルの上に二台並べて置き、交互にチェックした。

「松っさん、こっちのスマホを見て。野津と景子が映っている」

洋子が小さく叫んだ。

「おぉお」

窓際にふたり並んで立っていた。

野津は双眼鏡で、公園内を見渡している。おそらく暗視用高感度レンズの双眼鏡だ。レンズの中では、見物客の表情まで把握出来ていることだろう。

何を見ているのか気になった。その場所が、爆破デモンストレーションの場所ではないか。

景子は、女たちの仕事ぶりを監督しているようだった。

黒のツーピース姿で、腰に手を当て、ソファ席を見つめている。ときおり、壁の方を向く。

瞬時に亜矢の視点がそちらを追う。

「わっ」

洋子が呻いた。

中年の男が、剝き出しの尻を振っていた。ズボンとトランクスが足首まで落ちている。白いフレアスカートをたくし上げられている女が壁に手を突いて、髪を振り乱していた。

繋がりまでは見えないが推定はできる。

「がっちり挿入ですな。ズバズバ、出し入れしている」

「耳元で、そんな露骨な言い方しないでください」

洋子が頬を赤らめている。性安課の課長のくせに、いまだに淫場には慣れないようだ。

「やばっ」

里美視点の映像に目を移した瞬間、松重は呻いた。

景子が、近づいてきていた。

目が吊《つ》りあがっている。

「気づかれたっ」

松重は、床を蹴った。ポケットから特殊閃光手榴弾《スタングレネード》を取り出し、隣室に向かって飛び出した。洋子も続いてくる。

5

「あれっ？」

指原茉莉は、声を上げた。

西八丁目。

大雪像「奈良・薬師寺　大講堂」の前に立つ老紳士に見覚えがあった。

一週間前に「台湾─旧台中駅」の大氷像の前に夫婦でいた見物客だ。

いまは、あの優しそうな夫人ではなく、金髪の外国人の男と並んで立っていた。

今夜は、ステッキを突いている。その方が雪道では安全そうだ。

「確か、田中さん」

一緒にパトロールをしている相川翔太に伝えた。

相川は、アイスキャンデーを齧《かじ》りながら歩いていた。見ている雪像や氷像を齧っている気分になるのだそうだ。

──この人も、どこかおかしい。

もっとも性安課にはまともな人間はいない。まともでは務まらない部門だ。

「誰？」

その相川に聞かれた。

「先週、私が攫《さら》われたとき、バッグを拾って、真木さんの電話を受けてくれた田中さん」

「へぇ～　それはまた奇遇だね」

「私、ちょっと、挨拶してくる」

茉莉は、老紳士の背後に近づいた。

通りがかりのカップルの会話が耳に入る。

「なんかもったいないよね、この雪像、もう解体しちゃうんでしょう」

女が聞いている。甘ったれた声だ。

「午後十時でライトアップが終わって、零時頃には、解体が始まるって」

男が答えている。

「そこを見るのも、楽しみね」

マニアックな見物客もいる。

黒のオーバーコートを着た老紳士の背中のすぐ後ろまで近づいた。田中さん、と声を掛けようとしたところで、息を詰めた。

老紳士が隣の白人に言葉を掛けていた。日本語で、だ。

「あの雪像の中に、爆弾を仕掛けてある。雪の塊にデザインしたブロック型の爆弾。ほら、台座部分、あれ、ほとんど雪にみえるけど、爆弾だよ」

「いつ、仕掛けたんですか」

白人が聞いている。

茉莉はふたりの背後で固まった。身体《からだ》が雪像になってしまったみたいだ。

「昨日だよ。ライトアップが終わったあとに、うちのスタッフが、ここの警備員に化けて作業した。保守・点検のふりをしてね。ついでに、さりげなく雪ダルマまで作っておきました」

老人がステッキで大雪像「奈良・薬師寺 大講堂」の脇を指さした。僧が胡坐《あぐら》を搔《か》いた雪像がある。

昨夜まで、なかったものだが、違和感なく、そこに鎮座している。

「なるほど、そちらは配下に芸能プロをお持ちですから、衣装や役者も豊富でしょう」

白人が感心したようにうなずいている。

――田中さん……あんた何者なの？

「はい。芸能プロやテレビ局というのは何かと役に立ちます。今夜もここで、解体をショー化する許可を取っております。もうそろそろ、テレビクルーが来ることですよ……」

いきなり老紳士が振り返った。

茉莉と目が合った。

「お嬢さん……」

老紳士の目が光った。

次の瞬間、革手袋を嵌めた拳が腹部に飛び込んできた。老人とは思えないパワーだ。息が詰まった。

「うっ」

振り向いて、相川を呼ぶ間もなく、茉莉は前に崩れ落ちた。意識はまだあったが、足に力が入らない。

老人に抱き止められた。

「しょうがない。イーサン、ちょっと裏手まで付き合ってください」

――イーサン?

老人が、白人の男をそう呼ぶのが聞こえた。

オーストラリア国籍ながら北の諜報員《エージェント》であるイーサン・ブラウンのことではないか。札幌ではポール・ホワイトを名乗っていた男だ。

だとすれば、この老人は誰だ？

ひょっとして、田中ではなく、真田？

「はい。まだライトが落ちるまで三十分あります。大丈夫です」

イーサンが答えている。茉莉は腹部の痛みに耐えながら、ふたりの様子をうかがった。

「軽い、一発をお見せしますよ」

老人が茉莉を抱えたまま、ステッキの柄についていたボタンを押した。

大雪像「奈良・薬師寺　大講堂」の脇にあった胡坐を掻く僧の雪像がピカッと光った。七色に光った。イルミネーションのようだ。

周囲から喚声があがる。

僧の頭から火が噴いた。ぱっと見には、花火に見える。どっと観客が押し寄せた。

「さぁ、いまのうちに」

人垣の中から、連れだされた。

老人とイーサンに腕を取られたまま、茉莉は人垣から連れ出された。最初に拉致されたときと、同じ状態だった。

——同じ状態だった……。

茉莉の頭の中にも、閃光が上がった。

老人は、一週間前にもこの公園にいて、どこかの集団から自分の部下が埼玉のリサイクル業者から暗視カメラのスターサファイアⅢが入ったデイバッグを引き取る様子を、見張っていたのだ。

そこに偶然、自分が現れ、取引現場を撮影されたと思われた。

この老人が田中ではなく真田佳昭その人だとしたら、いよいよ辻褄があう。

——この人は、真田だわ。

「4・3・2・1」

真田が歩きながら言う。イーサンと呼ばれた男が、振り返った。茉莉も肩を抱かれながら、火花が出ている方向に視線を向けた。

ぱんっ、と乾いた音がする。

胡坐をかいた僧の雪像が夜空に舞い上がる。台座からロケットのような炎が飛び出していた。

空中で雪像が破裂して、中から薄いカードのようなものが舞い降りてくる。

「札幌ＡＢＣテレビの宣伝みたいよ」

カードを拾った客たちの声がした。

「このカード、ススキノのラーメン店全店で使える二百円割引券」

「洒落《しゃれ》たことするね。帰りに食べて行こうか」

その声に客が群がった。

相川を探せない。つまり相川も茉莉を見失ったということだ。

「言っていただければ、うちの店も参加しましたのに」

イーサンが言う。

「それは次の機会に。いまの爆発の拡大版を、三十分後に見ることが出来る。ブルドーザーなんかで、解体しなくても、一秒で木っ端微塵になる」

真田が低い声で言った。

「雪の塊が飛び散りますか？」

速足で歩きながらイーサンが聞いた。

「いや、今回は、内側に倒れて山になるように仕込んである。実戦では、外部に爆風を拡散させることも出来る。とにかく、氷点下で爆風を起こせば、氷の塊がそのまま、弾丸の役目となるだろうね」

「ワクワクしますね。雪爆弾《スノーボム》」

これは真田実業と北朝鮮の代理人である闇貿易商イーサン・ブラウンとの取引なのだと確信した。中国人観光客に売却するというのは、彼らが流したカモフラージュに過ぎない。本命は北朝鮮。

一週間前から、真田側も私たちの素性を洗っていたに違いない。

なんとか、早く真木課長に知らせなければならない。

大通公園インフォメーションセンター脇の木の下の闇《やみ》に連れ込まれた。人気《ひとけ》はない。

「いやっ」

いきなり老人に赤いダウンジャケットのファスナーを引き下ろされた。

両腕を背後からイーサンに鷲摑《わしづか》みにされて、動けない。

「関西勢もしつこいね。札幌は鯨神会が解散しても、道内連合で仕切っている。大手団体には、入って来てほしくないんだよ」

どうやら性安課を関西ヤクザと勘違いしてくれているようだ。それならそれでいいと思う。

「何をするんですか」

ダウンジャケットを着たまま、黒のニットセーターの前を捲《めく》られた。厚手のインナーも捲られる。白のブラジャーが現れた。

「やめてください」

外気温はマイナス五度だ。

露出された生肌部分に、刺すような冷風が当たる。

背後からイーサンの手が伸びて来て、ブラジャーのカップを押し上げられた。

「いやぁあああああ」

真冬の夜空の下、八十五センチのバストが曝された。

乳首がいっきに硬直した。

「尖《とが》っている」

老人が、右側の乳首に唇を寄せてきた。

――えっ、なに、この展開。

ちゅばっ、と吸われ、ネロリと舐《な》められた。

思わず、背筋を伸ばすと、背後のイーサンに茶色のコーデュロイパンツのファスナーを開けられ、一気に引き下げられる。

インナーのタイツごと引き下げられ、戦慄した。

白いパンティ一枚にされる。タイツとコーデュロイパンツが足首に絡みついて動けない。

「あぁああ、こんなのいや……」

両目から熱いものが伝ってきた。

──私、処女です。

言おうとして、思いとどまった。

どっちにしてもやられる。

「あっ、いやっ」

老人の唇が窄められ、乳首を強く引き込まれた。粘膜を舐められるのは、初めてだ。粘つくような舌は、気持ちが悪い。

──あっ、そこは。

イーサンの手がパンティの両脇にかかった。

「真田さん、おまんちょ、出しますよ」

──やっぱり真田だ!

ぐいっと下げられた。太腿《ふともも》から一気に膝まで引き下ろされる。

「いあやあああああああああああ」

あらん限りの声をあげたが、その口をイーサンのグローブのような手で塞がれる。

乳首を舐めしゃぶっていた真田が、唇を離し、茉莉の股間の前にしゃがみ込んだ。

「どれどれ……」

股底に指を伸ばしてくる。

「寒すぎて、陰毛が強張《こわば》っている」

よけいな解説だ。

茉莉は激しく腰を振った。

真田が、女の股座を割り広げた。

ぬちゃ、と鳴った。大陰唇が割れて、双葉が曝されるのがわかった。

「気を付けてください、真田さん。中東やクリミアの女は、その穴の中に、武器を隠し持っています。仲間が何人も吹っ飛ばされているんですよ」

イーサン……この男は中東やクリミアとも商売をしているのか？

「知っている。極道の情婦《イロ》もここにいろんなものを隠す」

真田が、ステッキを引き寄せた。柄のすぐ下にライトがついていた。女の泣き所を照らされる。秘孔の入り口に熱を感じた。

――処女膜を見るなっ。

茉莉はもがいた。

真田に穴ではなく、いきなりクリトリスを押された。

「あぁあああうっ」

全身に電流が走り、顎があがった。太腿の痙攣《けいれん》が止まらない。

「あっ、いやっ」

続けざまに、クリトリスを摘《つ》まれたり、押されたりする。意識が飛びそうになるまでやられた。

「大丈夫だ。まん汁が、これだけ溢《あふ》れ出ても、何もやばいものは、流れてこない」

そ、そういう、点検方法だったのか……。

「イーサン、後ろから突っ込むか？」

「いや、僕が抱き上げますから、真田さん、前からぶち込んでください」

相談している。

七十歳を超えた元ヤクザと外国人テロリスト。

——私、どっちも嫌だっ。処女喪失は普通がいい。

「そうか悪いな。この歳《とし》になると、自力では、駅弁スタイルが出来ない。持ってもらうと楽だ」

真田が言うと、イーサンがいきなり、茉莉の脚に絡まっていたタイツとコーデュロイパンツをスノーブーツの爪先で、引き落とし、一気に太腿を抱え込んで来た。身体が浮くと、真田が前から、膝を割り広げてきた。

宙に浮いた状態でのM字開脚。

「真田さん、接点わかりますか？」

「あぁ、ぬるぬる光っているから、わかる」

言いながら、ズボンの前を開いた。ラクダ色のタイツを穿いている。その中央から太い棹《さお》を引き出した。

「いやっ」

「イーサン、そのまま女の太腿を抱いていてくれ。突くぞ」

「はい、どうぞ」

イーサンが答えた。

——餅つきじゃないっ。

膣孔《ちつこう》に肉尖りを合わせた真田が、腰を打ってきた。

「うわっ」

秘孔の入り口から、固ゆで卵が入り込んでくる感じだった。

――硬い。

歯を食いしばった。

「硬い」

真田が同じ感想を言った。

「この女、締め付けが強い」

「こっちから、押しましょうか」

と背中でイーサンが言う。

凄《すご》いことになりそうだ。

「じゃぁ、せーので」

真田が額の汗を拭いながら言った。

「せーの」

「うぃーす」

前と後ろから、一気に圧力がかかった。

「うわっ、うぁあああああ」

身体のまん中に、男根が突っ込んでくる。鰓《えら》で、膣肉が抉《えぐ》られた。

茉莉の頭の中で、ぱんっ、と破裂音がした。

6

「石黒里美が何でここにいるのよ」

テレビ塔の二階のパーティ会場は騒然となっていた。

北沢景子の声に、窓際でズボンを下ろしていた男たちが一斉に立ち上がった。

「あれぇ、ノースエージェンシーさん、東京のタレントも仕込むようになったんですか？」

白髪の男が目を丸くしている。勃起を激しく上下させている。

「しかも、この会場に呼ぶなんて、凄すぎる」

「彼女、やれるんですか？」

「やらしてくれるなら、ノースさんのレギュラー枠あと五人増やしますよ」

男たちが口々に叫んだ。

――まだ、人気あるじゃねぇか。

松重は、胸底でそう叫びながら、部屋に飛び込んだ。

里美の後ろに亜矢がいた。すでに後ろに回している右手に黄色の手榴弾を握っている。馬糞臭のする熱湯が炸裂する特殊手榴弾だ。

「俺、現金で百万円足してもいい。野津さん、ほら、手付金」

若い男が、双眼鏡を持ったまま呆然《ぼうぜん》としている野津に財布を投げた、はらりと一万円札が数枚落ちる。

里美が、すかさず、手錠《わっぱ》を取り出そうと、ベルトの尻に手を回した。

売春及び公然猥褻物《わいせつぶつ》陳列罪で現行犯逮捕が可能な瞬間だ。

「今夜は、逮捕いらないから」

里美の背後から、亜矢が躍り出た。

ピンを抜いた馬糞手榴弾を、野津にめがけて投げつけていた。

空中を飛びながら、手榴弾は黄煙を上げている。

「凄い演出だ」

窓際の男たちが叫んだ。

里美がすぐに、踵《きびす》を返して、松重の方へと駆け寄って来る。鼻をつまんでいる。

そのまま扉から出て行った。

いったいどんな臭いがするんだ。

その扉の脇で、洋子はクルリと背を向け、耳を押さえマスクをかけていた。自分だけマスクをするとは、ずるい。

手榴弾を投げた本人の亜矢は、料理を積んだテーブルの下に潜り込んでいる。

「3・2・1……」

松重は床に片膝を突き、目を閉じ、耳を押さえた。特殊閃光手榴弾《スタングレネード》に馬糞の臭いと熱湯を加えた手榴弾だ。どれだけ凄いかわからない。

――まず、音と光をやり過ごす。臭いは後だ。

ドカンっ。耳を押さえていても、轟音が聞こえた。

大勢の悲鳴が鳴り響いた。

瞼《まぶた》を閉じていても、その裏側に、黄色い光を感じた。

音と光は四方八方に飛んでいる。

それから、三秒ほど待った。

匂ってきた。なんとも言えない臭さだ。息が出来なくなってくる。馬の糞でもこれほどではないような気がする。製作者の小栗の趣味の悪さが十分伝わって来た。

ゆっくり目を開けた。

「これは……」

辺り一面に黄色の液体が飛び散り、湯気を上げている。眩暈のしそうな光景だった。色といい形状といい、似すぎている。異臭は半端ない。

——うんこ爆弾。

雪爆弾よりも、奪われたくない技術だ。これをミサイルの弾頭に入れて、飛ばすのだけは勘弁してほしい。日本中がウンコ塗《まみ》れにされるようで、絶対にいやだ。

野津は双眼鏡を右手に持ったまま、仰向《あおむ》けに倒れていた。額から血飛沫《ちしぶき》を上げている。軍事用の堅い双眼鏡で、しとどに額を打ったようだ。

壁際でセックスをしていた男女は、バックで繋がったまま倒れている。

そのほかの男女も、あちこちに転がっていた。

誰もが擬似《ぎじ》うんこに塗れている。

松重は鼻をつまみながら立ち上がった。

洋子も頭を振りながらやって来る。

亜矢はテーブルの下から出てきた。顔を歪《ゆが》めている。

「臭い。何ですか、この臭い」

「だから、小栗君、馬糞弾って言っていたじゃない」

「ほんと、最低ですね」

「それより、景子たちが企んでいるデモンストレーション爆破がどの雪像なのか、手がりを探して」

「はいっ」

亜矢が野津の背広を脱がせ始めた。意識が戻る前に、マッパにするつもりだ。脱がしながら、背広やズボンのポケットを点検している。

洋子は拾い上げた双眼鏡で、大通公園を見下ろしている。野津が設定した焦点に合う場所を探しているようだ。

松重は、景子に近づいた。景子は前のめりに倒れていた。バストを床に押しつけ、ヒップを掲げるような格好で、絶入《ぜつじゅ》している。両肘を曲げ、手で耳だけは塞いでいた。咄嗟《とっさ》ながら、被害を最小限に防ごうとしていたらしい。

しかし臭い。

里美と同じように、景子の服を剝ぎ取りながら、何か手がかりはないかと探した。上着を脱がせて、ブラウスにボタンを掛けた。

「八丁目の様子がおかしい。やたら人だかりが出来ている」

ボタンをふたつ外し、景子のブラジャーが見えてきたところで、双眼鏡を覗いていた洋子の声がした。

続いて、部屋を出ていた里美が、再び飛び込んでくる。

「大変です。いま、待機車にいる小栗さんから、連絡ありました。茉莉ちゃんがさらわれました。防犯カメラで追跡したところ、老人と白人に攫われていますが、そのふたりを顔面認証したところ、老人は真田佳昭。白人はイーサン・ブラウンです。茉莉ちゃんと一緒にいた相川さんの話では、茉莉ちゃん、その老人を先週ここで会った老人と言っていたそうです。たぶん、田中宏幸さんです」

「えっ、田中宏幸？　あの老人が真田佳昭なのっ」

里美が続いた。

亜矢は裸にした野津の睾丸《こうがん》に、もうひとつ持って来ていた馬糞手榴弾をガムテープで張り付けていた。

「これ、小栗君に特別に作ってもらいました。音も光もでません。ただし、物凄い振動を起こして割れます。中にはいま炸裂させた手榴弾と同じウンコの匂いがする液体が入っているそうです。たぶん、玉袋から生涯、その匂いが消えないと」

同じ男として背筋が凍る兵器だ。

「待て、すぐに爆発するのか？」

「いま、プル引きました」

言って亜矢が飛び出して行った。

「うわわわわ」

松重も、鼻を押さえて立ちあがった。

扉に向かおうとしたそのとき、足を摑《つか》まれた。

「関西に、シマは渡さない」

景子が立ち上がって来た。

「一昨日も、同じ手を食らったから、警戒していたのよ。目を瞑《つぶ》って、耳を押さえたから少しは防げたけど、臭いまで出すとは、まいったわ。特殊閃光手榴弾《スタングレネード》の変型バージョンを使うとは、神戸安正組《こうべやすまさぐみ》も進化したわね」

いきなり、蹴り上げてきた。ローヒールの爪先が松重の顎にめり込んだ。

「くわっ」

背中から床に崩れ落ちた。

一瞬の油断だった。

肩を強く打つ。あたりをさまよう馬糞の臭気で集中力を奪われていたようだ。

景子がソファの下から、特殊警棒を取り出している。

松重は、身体を回転させながら、扉側へと向かった。

身体のあちこちが痛む。

「殺してやるっ」

警棒が振り下ろされた。

真《ま》っ直《す》ぐに額を狙っている。躊躇《ためら》いのない打ち下ろし方だ。

松重は肘を張って顔を防いだ。

「ううう」

激痛が走った。

「札幌は渡さないっ」

景子が警棒をもう一度振り上げた。

次にやられたら、腕の骨が砕け散る。

松重は両手のひらを開いて、警棒に差し出した。

拝み取りをするつもりだ。

「あぁあああああああ」

松重が叫ぶ前に、五メートル先に倒れていた野津が絶叫した。金玉に張り付けられていた手榴弾が大振動を起こしているらしい。

抱きつかれて、ボディブローを打たれ続けられているようなものだ。

景子が振り返った。

松重は、その隙に半身を起こした。

野津を見やると、全身から汗を吹き上げ、股間をブルブルと震わせていた。

「うりゃぁ」

雄叫《おたけ》びを上げ、警棒を払った。窓際でフェラチオされていた男の肉棒に当たる。

覚醒しかかっていた男は、再び目を閉じた。

「ちっ」

景子が突進してきた。腰に抱きつかれる。

そろそろ、気絶している人間たちも、覚醒する時間だった。

「えええいっ」

渾身《こんしん》の力を籠め、景子の胴を抱え上げた。そのまま廊下に出る。先ほどまでいた部屋に連れ込み、放り投げた。

汗まみれになっていた。

「もう、遅いわよ。イーサンとは取引成立。これで私たち真田実業は資金力であなたたち神戸安正組を凌《しの》ぐ団体になったのよ。いまに神戸に総攻撃をかけるわ」

景子は立ちあがり、窓の方を向いた。

イルミネーションが、ひとつ、またひとつと消えていく。

雪まつりが終わろうとしていた。

松重は、腕時計を見た。小栗から経過が入っていた。

【爆破物は八丁目と断定。自衛隊に通報。真田とイーサン・ブラウンを追跡中。指原茉莉は拉致されたまま】

——ちっ。

松重は怒鳴った。

「いますぐ、真田に連絡して、茉莉を解放させろ」

「ヤクザがヤクザの言うこと聞くわけないっしょ」

景子が尻を振った。ケツで笑われた気分だ。

松重は、やおらその尻を覆っているタイトスカートを捲りあげ、黒のパンストを引き下ろした。景子はガラス窓に手を突いた。眼下に大通公園が広がる。

「な、なにをするのよっ。この人でなし」

景子が暴れた。

パンティに透ける尻の割れ目に膝蹴りをぶち込んだ。

「あうっ」

女にここまで手荒なことをしたことはない。

「ヤクザがヤクザに人でなしと呼ばれるのは光栄だ」

パンティを引き下ろした。松重もファスナーを下ろし、男根を取り出した。

「いやっ」

無頼な女が、瞬間、恥じらいの顔を見せた。

かまわず、ぶち込んだ。

「あぁあああ、あなた、なんてことするのっ。私は真田の娘よ。あなた、どうなるかわかっているわよね」

「つるせいっ。腐れまんが」

ずいずい挿入し、子宮を叩きまくった。

「あっ、うそっ。そんないきなり奥まで」

「爆発は起きねぇ。その目でしっかり八丁目を見やがれ」

「な、なんですって」

答えず、めちゃくちゃ突いた。

「あうぅううう」

景子が両手でガラス窓を叩いた。大通公園のイルミネーションがほぼ全部消えた。

「ううう、もうすぐ、雪の塊がぶっ飛ぶわ」

「ぶっ飛ぶのは、あんたの潮だ」

膣の中で、亀頭を横に半回転させた。鰓をGスポットに当てる。

「んんんっ」

景子が声を詰まらせる。

くしゅ、くしゅと刺激する。

「いやっ、いやよ。私、噴いたことなんてない」

「貧しいセックスしかしていなかったってこったな」

松重は、揺さぶった。

同時に、手を前に回し、クリトリスに指を這《は》わせた。

「ひゃっ」

「こりゃまたでかいクリだ。あんた、手まんばかりしているだろう」

「あうっ、……いやっ」

景子の首筋から、牝《めす》の発情臭があがる。

もう一息だ。

松重は、Gスポとクリを同時にいたぶった。

「いやあああぁ、おかしくなっちゃう」

子宮の奥で、ちゃぷという音がした。気持ちも肉体も高潮を迎えようとしているようだ。

「いくっ、いくわっ。擦《こす》って、擦って。おまんこもマメもどっちも擦って」

性臭が一段と強まった。

そこで、松重は、肉棒を浅瀬まで引き上げた。クリトリスを摘まんでいた指の圧力も解く。

「はぁあああん」

景子が崩れ落ちそうになった。女への尋問は寸止めに限る。

すぐにまた動かした。

「あう、はぁん。うぅううう」

景子は狂喜した。

松重は、用心深く景子の首筋の匂いを嗅いだ。女の発情具合を把握するには匂いしかない。

「なぜ、俺たちが、ススキノを狙っているとわかった」

焦《じ》らすように他の話を振る。

「あっ、あんっ、バーよ。五年前に交差点近くに出来た『あべちゃん』。気が付いていないとでも思っていたの。昼間に必ずカフェからうちの『サンパブロ』を見張っているのでわかった」

裏が取れた。

俺たちは、神戸安正組と札幌真田実業の抗争に巻き込まれただけだ。

あべちゃんの店主、安倍正雄とはよく言ったものだ。

安倍が、茉莉を使って、真田実業の資金源であるノースエージェンシーの内情を探らせようとしたわけだ。

だが野津も馬鹿じゃない。

あの男はあの男で、バーあべちゃんに能年里奈という女を偵察に行かせていた。

偶然マッチングしちまったということだ。

そうすれば、さまざまなことの辻褄《つじつま》があってくる。

景子の首筋がまた甘く匂った。

「ふんっ」

松重はまた、律動を止めた。

「いやあぁあああああ」

「取引だ。茉莉を解放すれば、俺たちは二度とススキノを獲《と》りにこない」

「……嘘……」

「真田に電話するだけでいい」

亀頭を軽く擦りながら言った。

「……いかせてくれる？」

「俺だって、出したい」

バックから挿入されたまま、景子はスマホを取り出した。

7

ぱつんっ、と音がしたようだ。意外と乾いた音だった。濡れているのに、乾いた音。貫通された。

——あぁ、処女膜殉職っ。

茉莉は胸底で叫んだ。

警察庁性活安全課の民間委託刑事になるということは、業務挿入はつきものだと聞かされていた。任命前だが、ぶち込まれてしまった。

「痛～いっ。あぁあああぁ、動かさないでっ」

大声を上げた。本当に痛かった。

「狭《せ》まっ」

真田が顔を顰《しか》めている。処女膜を破っておいて、顔を顰めるとは何事か。

「あぁあああ」

ずいずいと亀頭が差し込まれてきた。身体が串刺しにされて、背筋を張らされる。

「くうぅう」

顎が上がった。

「揺すりましょうか?」

背後からイーサンが言う。揺するなっ。

「きつすぎる。抜き差しができん」

真田がぼやいている。

——ぼやくなっ。

処女なんだから、きつくて当然だ。もっともユルイと言われるよりは、悪い気分ではない。

突然、イーサンが持っていた太腿を上下させてきた。肉の芯棒を、根元までびっしり挿入されたまま、尻が上下に揺れる。

身体中に、わけのわからない刺激が走る。疼痛だが、痛みは徐々に薄れていく。

「あぁ、あんっ、うひょ」

喘いだ。情けないが、叫び声が喘ぎ声になる。

「わっ、はっ、ふわっ、いいっ」

肉根を固定されたまま、イーサンに揺さぶられた。上下運動から、今度は抽送に切り替わっている。ぺったん、ぺったんと股がぶつかり合う音がした。

真田に挿し込まれているのだが、動かしているのがイーサンなので、どっちとやっているのかわからなくなる。

「あぁあん」

ワサワサと揺さぶられた。

「おぉお。イーサン、いいっ。漏れそうだ」

真田が唇を真一文字に結んだ。

——漏らさないで。せめて、この中には、漏らさないで。

「この女、相当よさそうですね。いくら足せばいいですか？」

イーサンが聞いている。ワサワサと、尻を押したり引いたりしながら聞いている。

落ち着かない気分だ。

「いや、爆弾の取引を札幌の真田実業に一本化してくれれば、この女は、プレゼントする」

真田が答えた。

処女を贈答品にするなっ。

「神戸の安正組からは一切買うなと言うことですね」

「そういうことだ。いずれ日本の闇は俺たちが仕切る」

真田が胸を張った。

「あんっ、いくかもっ」

真田が胸を張ったさい、腰もくいっと押された。このタイミングでイーサンも茉莉の尻を押したので、挿入中の上にもがっちり挿入となった。子宮がへこむかと思った。土手と土手も激突したので、肉芽がぺしゃんこにされた。

「あうぅっ」

頭の中で、金や銀の花火が打ちあがる。

処女膜を殉職させられ、クリトリスで昇《い》かされた。

「あぁあああああああ、死んじゃう。いいっ、凄くいぃいいいいい」

絶叫していた。人々が注目する気配がした。

「うるさい」

真田に罵倒されたが、そのときスマホが鳴る音がした。普通にベルの音だ。真田のスマホのようだった。深々と挿入したまま動きが止まる。

茉莉としては、気持ちの整理がつかない状態だ。

「景子だ……」

真田が面倒くさそうに、ポケットからスマホを取り出し、耳に当てている。

「パパだ」

こんなときに、私用電話なんかしないで欲しい。なんてたって挿入中だし、それも、漏れるとか、昇くとか、一番大事な瀬戸際なのだ。

「んんっ？」

真田がスマホを耳に当てたまま固まった。

茉莉は、自分で尻を振った。昇かなくては、気が収まらない。

「おいっ、やめろよ」

真田の腰が引けている。それはない。

何やら頷いていている。

「わかった。いますぐ八丁目に戻る」

真田が、そう答えるのと同時に、比較的近い位置から真木の声が聞こえてきた。

「茉莉っ、どこにいるの？」

相川の声もする。

「指原、いたら、声を張り上げろ」

張り上げようとしたが、そのとたんに、イーサンがまたいきなり揺さぶってきた。

「はうっ、昇くっ」

叫びにならず、喘ぎになってしまった。

いやん、お願い。助けて。

8

「パパ、その子を離して。もうビジネスは決着したわ」

松重は、スマホのスピーカーに耳を当てた。

「わかった。八丁目に戻る」

「早く爆破シーンが見たいわ」

「いまインフォメーションセンターの脇にいる。二分で戻る」

景子はすぐに電話を切った。余計なことを言われたと、思っているだろう。その通りだ。

松重は腕時計に向かって叫んだ。

「インフォメーションセンターの近くだ、急げ」

「えっ」

景子が振り向こうとした。

松重はかまわず、尻を振った。

「あぁあああああああああ」

クリトリスを指で潰し、膣の垂れ下がった部分を徹底的に擦り上げた。

「いや、出ちゃう、出ちゃう」

「俺もだっ」

景子の膣の中ほどで、双方の汁が激突した。

「うっ、まんパン。ここが破裂しちゃうっ」

「おぉおおおおおお」

松重は叫んだ。

その瞬間。眼下の大通公園のすべてのイルミネーションが再点灯した。

自衛隊のブルドーザーが、入っていく。

「残念だが、薬師寺の方は爆発しないようだ」

そういって松重は、男根を引き抜いた。

景子が、ガラスに手を突いたまま。床に崩れ落ちていった。

松重は、男根を曝したまま、腕時計に向かって声を張り上げた。

「指原の確保は？」

白液が噴き溢《こぼ》しながら聞いた。大通公園に放尿しているような気分だ。出し終わって、片手で仕舞っているときに、真木洋子が帰って来た。

「奪還成功。インフォメーションセンターの脇の木立の中で発見。いま確保しました。イーサンは相川君がタックルをかけて、押さえてあります。本庁の公安に渡します。真田のほうは逃げましたが、どうしましょうか」

「そっちの処理は、あした一緒にススキノに行ってと相談しましょう。まだ店を畳んではいないでしょう。俺もお目にかかりたい」

「わかりました。あいつね。私は一度会っているから、紹介するわ」

「お願いします」

話し終えた。

景子は床にうつ伏せて、まだ荒い息を吐いていた。その背中に向かって言った。

「相談だが、俺らと業務提携する気はないか。話によっては、札幌を、この先も真田実業に任せてもいい」

景子が尻を剝き出しにしたまま、顔だけ松重に向けた。

「神戸の安正組の軍門に下れと？」

「いや、神戸じゃなくて、横浜の舞闘会と組む気はないか？」

「えっ？」

景子が怪訝な顔をした。

「間もなく、関東は横浜舞闘会に統合される」

「知っているわ。黒井健太。元半グレのくせに、去年から突然浮上してきた男ね。あの男、何者なの？」

「組む気があるなら、紹介する」

「あんた、本当は横浜舞闘会なのね。関西の訛りがないのでおかしいと思った」

「俺の素性なら、いずれわかるさ。それより、日本のヤクザなら日本を守ったらどうだ。江戸時代までは、俠客は十手を渡されていたもんだぜ。国のために戦え」

「ヤクザがヤクザに説教するの？」

「いまはそういう時代だ」

「考慮するわ。どのみちこれで私たちは、大きな資金源を失ったから、立て直しにはどこかと組むしかない」

「埼玉のリサイクル業者から買ったスターサイファイアⅢを、雪まつり会場でうまく引き受け、サンパブロに運んだとはな……」

「あれは、まだ持っているわよ。イーサンルートでは捌かない。上海赤蛇頭と交渉中よ」

「ノルベサで中国人に渡したのはなんだ?」

「あれは、密造銃よ。スクラップ工場では、密造銃も作れるわ。工作機械がいろいろあるから。日本国内の相手には捌かない。あんたたちみたいなライバルの手に渡る恐れもあるからよ。観光客がちょうどいい売り先なの。イーサンも小物は面倒くさがって扱わない」

これで、ススキノの免税店で渡した物のことはわかった。そうそうスターサファイア級の取引をされたのでたまらない。

二月五日の取引を中国人から引き取ったと思い込んでいたのが盲点だった。

あの日真田実業の三人は、埼玉のリサイクル業者からスターサファイアⅢの入ったデイパックを受け取りひとりが、サンパブロに運んだのだ。中国人を雇っていたに過ぎない。それは、イーサンルートとは別に、中国赤蛇頭の連中にも密造銃を流していたからだろう。

スターサファイアⅢは、二月五日にサンパブロに持ち込まれたきりだということだ。

「警察OBを雇ったり、自衛隊員を婚活サポート会社でたぶらかそうとしていたりしていたのは、いずれ内部情報を売ろうとしていたからじゃないのか？」

「まぁね。でも、上海赤蛇頭とは、あんたのところの欲求不満な姐さんが、スススキノで、うちの連中と大立ち回りしてくれたおかげで、信頼性を落としたわ。しばらくは中止と宣言してきた。挙句にイーサンを取られたら、私たちもお手上げね」

「欲求不満の姐さん？」

洋子のことだろう。姐さんと呼ばれていることを知ったらどう思うだろう。そんな年齢じゃないと喚きそうだ。

「あんたのところの女たちって、なんで金玉ばかり狙うのかしら？　みんな欲求不満ってこと？　うちの市川なんか、睾丸を潰されたトラウマからもう、女とやるのも恐怖だって嘆いていたわよ。フェラチオされるときに玉を握られただけで、縮んじゃうんだって」

「それは気の毒だ」

「あそこの野津も見てよ」

亜矢に馬糞手榴弾をガムテで張り付けられた野津は、まだ気絶したままだった。ガムテの中で爆発を起こしている。ガムテに包まれているので見えないが、疑似ウンコ塗れの睾丸と肉棹は、彼の生涯を暗いものにするだろう。セックスしようとするたびにウンコの匂いがするのだ。

「ある意味、武器をぶら下げているともいえるだろう。拷問には使える」

松重は嘯《うそぶ》いた。

「とりあえず、臭すぎるから、ここから出たい。あなたの提案は真摯に受け止めるわ。パパと相談して決める。たぶん受けるしかないけど」

「受けてくれれば、芸能プロと婚活サポート業務、それにスクラップ工場はそのままだ。事実上のフランチャイズシステムに入ってもらう」

「そうするしか手がなさそうね」

ぼちぼち、気絶していた連中が覚醒し始めていたが、事態がまだ飲み込めていない。ほとんどの人間が茫然としているだけだった。

松重は、真田景子と共に、パーティルームを後にした。

ふたたびライトアップされた大通公園は、雪像の解体ショーとなっていた。八丁目の「奈良薬師寺　大講堂」は自衛隊の特殊部隊が入っていたが、見物客にはまったく気づかれていないようだった。

雪像に埋めこまれた爆弾を、隊員が潜り込んで運び出している。雪のブロックに包まれているので、見た目には客にもわからない。

今年の雪まつりもつつがなく千秋楽をむかえたということだ。


翌日。二月十三日、火曜日。午後五時。

指原茉莉はススキノのバー「あべちゃん」の扉に体当たりを食らわせた。扉は、案外簡単に開いた。凍結していなかったのだ。

「あっ」

踊り場で踏みとどまれず、階段を転げ落ちた。地下に続く十段ほどの階段だ。木製階段だったのと、落ちることに対する気構えが常々出来ていたこともあってか、猫のように転がり、うまく受け身が取れていた。とはいえ、身体中が痛い。まだ昨夜挿入された膣の中もヒリヒリしている。

「おいおい、大丈夫かよ。無茶するなって」

店主の安倍が、カウンターの中から、背伸びをして、茉莉のほうを覗いていた。

「ぜんぜん、大丈夫じゃないですっ」

茉莉は腰を擦りながら立ち上がり、開け放たれたままになっている扉のほうを見上げて叫んだ。太腿に力に籠めると、股間節が痛んだ。その奥の穴の中まで疼痛が走る。疼痛はちょっとだけ快感でもあった。

「真木課長、松重さん、マスターいます」

言うと、安倍が身構えた。カウンターに背を向けて、酒棚の脇の扉を開けようとする。

「いまさら、逃げられんぞ。安倍正雄」

松重が叫んでいた。

「まいったなぁ。あんた警察？」

マスターが肩を竦めて見せた。酒棚の脇の扉の向こうには、ずらりとライフル銃やマシンガン、それに手榴弾が並んでいた。

「マスター」

茉莉は絶句した。真木と松重に、案内を頼まれただけだった。

「まさか神戸安正組が、堂々と『あべちゃん』という店名でススキノに店を張るとは思わないものなぁ。しかも組長の三男がねぇ。非公然組員だったので、神戸県警の組対課にも資料がなかった」

松重がカウンターの前に付いていた。その後ろに真木もいる。真木はデイパックをぶら下げていた。

「いやいや、様子見に来ていただけですよ。銃刀法違反ですかね、これ」

マスター、いやヤクザの安倍が両手を上げている。

「逮捕なんかしねぇよ。おまえなんかを、銃器不法所持でパクっても、なんの懲らしめにもなんねぇから」

松重の口調はいつもと違っていた。いまは元マルボウの顔になっているようだ。

「何しろっていうんです？」

「いつから、企んでいた？」

「いや、何も企んでいないっすよ。ここで、ススキノの定点観測をしていただけですから」

安倍が頭を掻きながら言っている。

「真田実業を乗っ取ろうとしていたんだろう。それでバー『サンパブロ』の様子を日々窺っていた。ノースエージェンシーに、偵察を入れようと、この子を使いやがって」

松重の眼光が光った。

「とんでもねえっすよ」

「わかったわ。惚《とぼ》けるなら、あなたの顔写真を闇サイトにばら撒いてあげる。ほら、これを抱いて」

真木がデイパックの中から、フルフェイスのヘルメットのような物体を取り出しカウンターの上に置いた。

「茉莉ちゃん、マスターと一緒に写して」

「へっ。軍用暗視カメラなんて、勘弁してくれよ」

安倍の顔が歪んだ。茉莉はすぐに、ニコンを取り出して、速写した。安倍はすぐに両手で顔を覆った。

「あんたが横取りしたってことにするわ。道警の組対どころか、本庁の公安、それにCIAまでがあなたを生涯マークすることになるわよ。刑務所にいるほうが安全かも……」

真木がまくし立てていた。性安課って、こんな捜査もやるんだ。

「どうすれば……この問題は解決する？」

安倍が顔を覆ったまま聞いてくる。

「与党ヤクザになるしかないわね」

「神戸安正組に、警察の犬になれと」

「治安維持のためには、いまはそれが必要……」

「けっ」

安倍が両手を顔から外した。松重に制されて、茉莉はシャッターを押すのを止めた。

「どうしろと？」

松重が答えた。

「札幌は、離れろ。ここは真田実業が与党として引き続き縄を張る。あんたには、関東で協力してもらいたい」

「はぁ？」

「間もなく東京オリンピックだ。東京が世界中のマフィアやテロリストの的になる。警察や警備会社だけじゃ、人出が足りないんだ。その武器も、向けるところをかえれば役に立つ」

「ちっ」

安倍はニッカウヰスキーを取り出し、グラスに注いだ。グラスは四個だ。

「ニカァと笑って、手打ちとするか」

「それがいい」

全員で、グラスを合わせた。

「二〇二〇年に向けて、新たな察侠連合を作りましょう」

察侠連合ってなに？

警察と侠客が手を組むってこと？

意味わかんなーい。

茉莉は首を傾げたまま、ストレートのニッカウヰスキーを飲み込んだ。東京に戻ったら、またまた大変なことに巻き込まれそうだ。

怖くない。

もう私、処女じゃない。刑事だ。


（了）

本書は書き下ろしです。

本作品はフィクションであり、実在の個人・団体とはいっさい関係ありません。（編集部）

実業之日本社文庫　最新刊

乾ルカ
森に願いを
いじめ、恋愛、病気…希望を失い森に迷い込んだ人々に、森番の青年が語り掛けた言葉は――思わず深呼吸したくなる癒しのミステリー。（解説・青木千恵）
い62

風野真知雄
坂本龍馬殺人事件　歴史探偵・月村弘平の事件簿
幕末と現代の二人の龍馬暗殺の謎を鮮やかに解く！〈現代の坂本龍馬〉コンテストで一位になった男が殺された。先祖が八丁堀同心の歴史ライター・月村弘平が、
か17

沢里裕二
処女刑事　札幌ピンクアウト
カメラマン指原茉莉が攫われた。芸能プロ、婚活会社、半グレ集団、ラーメン屋の白人店員……事件はつながっていく。ダントツ人気の警察官能小説、札幌上陸！

さ36

津本 陽
鬼の冠　武田惣角伝
大東流合気柔術を極めた武術家・武田惣角。幕末から昭和まで、闘いと修行に明け暮れた、漂泊の生涯を描く、渾身の傑作歴史長編。（解説・菊池 仁）
つ23

鳥羽 亮
剣客旗本春秋譚
朋友・糸川の妹・おみつを妻に迎えた非役の旗本・青井市之介のもとに事件が舞い込む。殺し人たちの元締「闇の旦那」と対決!! 人気シリーズ新章開幕、第一弾！

さ35

西村京太郎
十津川警部捜査行　阿蘇・鹿児島殺意の車窓
日本最南端の駅・鹿児島県の西大山駅で十津川警部の同僚刑事が殺された。捜査を始めた十津川に思わぬ妨害が…傑作トラベルミステリー集！（解説・山前 譲）
に117

藤岡陽子
むかえびと
一分一秒を争う現場で、生まれくる命を守るために働く志高き助産師（むかえびと）たち。現役看護師作家がリアルに描く、渾身の医療小説。（解説・三浦天紗子）
ふ61

吉田雄亮
俠盗組鬼退治　烈火
俠盗組を率いる旗本・堀田左近の周辺で立て続けに火事が。これは偶然か、それとも…!? 闇にうごめく悪と仕置人たちとの闘いを描く痛快時代活劇！

よ52

睦月影郎
性春時代　昭和最後の楽園
40代後半の春夫が目を覚ますと昭和63年（1988）に逆戻り。完全無垢な童貞君は、高校3年時の処女だった妻や、新任美人教師らと…。青春官能の新定番！

む28

実業之日本社文庫　好評既刊

沢里裕二
処女刑事　歌舞伎町淫脈
純情美人刑事が歌舞伎町の巨悪に挑む。カラダを張った囮捜査で大ピンチ!!　団鬼六賞作家が描くハードボイルド・エロスの決定版。
さ3 1

沢里裕二
処女刑事　六本木vs歌舞伎町
現場で快感!?　危険な媚薬を捜査すると、半グレ集団、芸能事務所、大手企業へと事件がつながり、大抗争に！　大人気警察官能小説第2弾！
さ3 2

沢里裕二
処女刑事　大阪バイブレーション
急増する外国人売春婦と、謎のペンライト。純情ミニパトガールが事件に巻き込まれる。性活安全課は真実を探り、巨悪に挑む。警察官能小説の大本命！
さ3 3

沢里裕二
処女刑事　横浜セクシーゾーン
カジノ法案成立により、利権の奪い合いが激しい横浜。性活安全課の真木洋子らは集団売春が行われるという花火大会へ。シリーズ最高のスリルと興奮！
さ3 4

沢里裕二
極道《クロ》刑事　新宿アンダーワールド
新宿歌舞伎町のホストクラブから女がさらわれた。拉致したのは横浜舞闘会の総長・黒井健人と若頭。しかし、ふたりの本当の目的は…。渾身の超絶警察小説。
さ3 5

草凪優
堕落男《だらくもの》
不幸のどん底で男は、惚れた女たちに会いに行く——。堕落男が追い求める本物の恋。超人気官能作家が描くセンチメンタル・エロス！（解説・池上冬樹）
く6 1

実業之日本社文庫　好評既刊

草凪優
悪い女
「セックスは最高だが、性格は最低」。不倫、略奪愛、修羅場を愛する女は、やがてトラブルに巻き込まれて──。究極の愛、セックスとは!?（解説・池上冬樹）
く62

草凪 優
愚妻
専業主夫とデザイン会社社長の妻。幸せな新婚生活のはずが…。浮気現場の目撃、復讐、壮絶な過去、ひりひりする修羅場の連続。迎える衝撃の結末とは!?

く63

草凪 優
欲望狂い咲きストリート
寂れたシャッター商店街が、やくざのたくらみによりピンサロ通りに変わった…。欲と色におぼれる不器用な男と女。センチメンタル人情官能！　著者新境地!!

く64

葉月奏太
ももいろ女教師　真夜中の抜き打ちレッスン
うだつの上がらない中年教師が、養護教諭や美人教師と心と肉体を通わせる……。注目の作家が放つハートウォーミング学園エロス！

は61

葉月奏太
昼下がりの人妻喫茶
珈琲の香りに包まれながら、美しき女店主や常連客の美女たちと過ごす熱く優しい時間──。心と体があったまる、ほっこり癒し系官能の傑作！

は62

葉月奏太
ぼくの管理人さん　さくら荘満開恋歌
大学進学を機に〝さくら荘〟に住みはじめた青年は、やがて美しき管理人さんに思いを寄せて──。ほっこり癒され、たっぷり感じるハートウォーミング官能。

は63

文日実
庫本業 さ36
社之

処女刑事《しょじょでか》 札幌《さっぽろ》ピンクアウト

2018年4月15日 初版第1刷発行

著 者 沢里裕二《さわさとゆうじ》

発行者 岩野裕一
発行所 株式会社実業之日本社
〒153-0044 東京都目黒区大橋 1-5-1
クロスエアタワー8階
電話 [編集]03(6809)0473 [販売]03(6809)0495
ホームページ http://www.j-n.co.jp/
DTP ラッシュ
印刷所 大日本印刷株式会社
製本所 大日本印刷株式会社

フォーマットデザイン 鈴木正道(Suzuki Design)

ISBN978-4-408-55404-4(第二文芸)